# 오늘도
# 라면입니다

# 오늘도 라면입니다

**개정판 1쇄 인쇄** | 2023년 8월 31일
**개정판 1쇄 발행** | 2023년 9월 7일

**지은이** | 지영준
**펴낸이** | 박영욱
**펴낸곳** | 깊은나무

**주　소** | 서울시 마포구 월드컵로 14길 62
**이메일** | bookocean@naver.com
**네이버포스트** | post.naver.com/bookocean
**페이스북** | facebook.com/bookocean.book
**인스타그램** | instagram.com/bookocean777
**유튜브** | 쏠쏠TV · 쏠쏠라이프TV
**전　화** | 편집문의: 02-325-9172　영업문의: 02-322-6709
**팩　스** | 02-3143-3964

**출판신고번호** | 제 2013-000006호

**ISBN** 979-11-91979-39-8 (03810)

세상의 모든 라면을
먹어보고
사람들에게 소개하고
있습니다

# 오늘도 라면입니다

지영준 지음

깊은나무

## 책을 펴내면서

세상의 모든 라면을 먹어보겠다는 꿈을 가지고, 다양한 라면을 먹어보고 소개하고 있는 라면정복자피키 지영준이라고 합니다. 수년간 블로그를 운영하고, 방송에 출연하고 라면과 관계된 다양한 경험을 하면서 꿈을 이뤄나가는 과정은 저에게 놀라움과 즐거움의 연속이었습니다. 저는 제가 꿈을 이루어 가는 이 재미있는 과정을 다른 사람들과 활발히 공유하고 싶었고, 가능하다면 책을 통해 기록으로 남기고 싶었습니다. 언젠가는 라면이라는 분야에서 세계적으로 인정받는 권위자가 되고 싶고, 라면과 관련해 세계적으로 인정받는 재밌는 책을 쓰고 싶습니다.

그래서 출판사로부터 《라면이라면》 집필을 제안받았을 때 제 마음은 굉장히 설레었습니다. 그리고 한편으로 매우 기뻤습니다. 이 책에서 제가 어떻게 세상의 모든 라면을 먹어보겠다는 당찬 꿈을 가지게 되었

는지, 그리고 그 꿈을 이루기 위한 과정에서 겪은 다양한 에피소드들과 라면에 관한 재미있는 이야기들을 들려드리려고 합니다.

그리고 이번에 'chapter 5 한국인의 소울 푸드, 라면'과 부록을 추가하여 개정판 《오늘도 라면입니다》를 출간하게 되었습니다.

라면에 빠져 모든 라면을 먹어보고자 노력하는 제 이야기를 부담 없이, 편한 마음으로 재밌게 읽어주시면 감사하겠습니다. 그러면 같이 라면 이야기를 만나 볼까요?

목차

## chapter 2 꿈을 이뤄나가는 과정에서 경험한 잊을 수 없는 일들

## chapter 3 해외 라면을 만나다



## chapter 4 라면과 관련하여 알아두면 좋은 정보

## chapter 5 한국인의 소울 푸드, 라면



## 부록

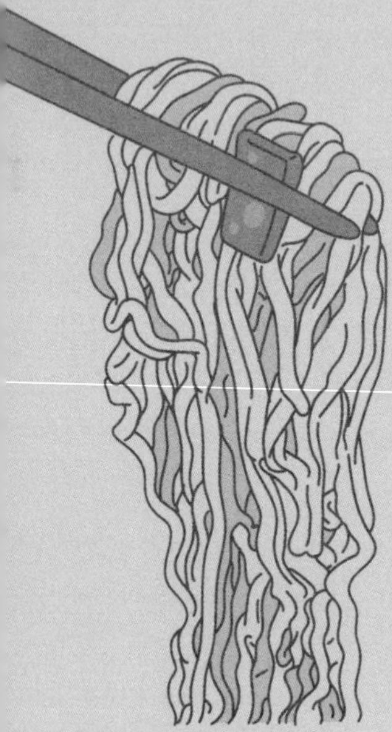

후루룹짭짭 후루룹짭짭
맛좋은 라면~

chapter 1

# 라면정복자피키 이야기

# 유년기에
# 처음 알게 된 라면

1989년에 태어난 나는 다른 아이들과 별 다를 것 없는 유년기를 보냈다. 유년기에는 일상에서 마주하는 모든 것들이 신기했고 매일매일이 즐거웠다. 나는 항상 재미있는 것을 찾아 다녔고 내 주변에는 흥미를 끄는, 도전해야 할 것들이 가득했다. 당시를 되돌아보면 내 인생에서 제일 많이 웃고, 많이 논 시기였던 것 같다. 그러나 다시 한번 기억을 되짚어보면, 내가 어떻게 살았는지 정확한 기억은 나지 않는다. 나의 유년기 속에서, 내게 큰 충격이었거나, 나를 흥분시켰던 사건만 생각나고, 또한 나에게 강렬한 인상을 준 몇몇 대상에 대한 이미지만이 남아 있다. 그중에서도 유년기의 나에게 특별한 관심의 대상이었던 것이 있었는데, 그것은 라면이었다. 이 책을 통해 후에 내 인생에서 빼놓을 수 없는 특별한 존재가 된 라면과의 인연이 어떻게 시작되었는지 이야기해보려고 한다.

내가 태어났을 때부터, 어머니와 아버지께서는 맞벌이를 하며 하루하루를 바쁘게 살아가고 계셨다. 어머니께서는 직장을 다니는 바쁜 와중에도 나와 내 동생을 위해 맛있는 음식들을 해주시곤 했다. 어머니가 특별한 요리를 해주시는 날이면 나와 내 동생은 기대감으로 부풀어 올랐다. 어머니가 돈까스, 두루치기, 닭갈비, 카레라이스, 오므라이스 등의 음식을 정성을 담아 만들어 주실 때마다 나와 내 동생의 기쁨은 이루 말할 수 없었다. 그런데 나는 이러한 음식 말고 기다리는 음식이 있었는데, 그 음식은 바로 라면이었다.

어머니는 퇴근 후 나를 데리고 종종 슈퍼마켓에 장을 보러 가셨다. 그럴 때마다 어머니가 무엇을 살 것인지가 나의 최대 관심사였다. 가끔 어머니께서 라면을 집어들 때면, 어린 나는 즐거운 마음에 집으로 가는 발걸음이 가벼워졌다.[1] 이렇게 구입한 라면은 우리 집 부엌 선반으로 들어갔는데, 나는 이 라면을 바라보며 언제 먹을 수 있을지 고대했다. 어머니는 종종 주말에 선반에 있는 라면을 꺼내 끓여주셨다. 주로 아버지가 계시지 않을 때였는데, 어머니가 라면을 끓여주시면 나와 내 동생은 텔레비전 앞에 앉아 방송을 보면서 순식간에 먹어치웠다.

지금 되돌아보면 어머니에게 라면은 주말에 피곤해서 쉬고 싶을 때, 우리들을 위해 간편하게 만들어주실 수 있는 비장의 카드(?) 같은 것이 아니었을까? 어머니가 라면을 비장의 카드로 쓰신 덕분에 나는 라면을 자주 먹을 수 없었고, 기다려지는 특별한 음식이 되었다.

1 당시 어머니는 주로 '진라면'을 구입하셨다. 당시에도 진라면은 신라면에 이어 가장 대중적인 라면 중 하나였는데, 저렴한 가격과, 신라면에 비해 조금 덜 매운 맛 덕분에 어머니께서 고르신 것 같았다. 그래서 내 유년기의 라면에 대한 추억은 진라면 제품과도 연결되어 있다.

# 잊을 수 없는 맛

내가 초등학교에 입학하기 전에, 아마도 유치원 즈음이었던 것 같다. 8월 더운 여름, 초등학교 교사였던 어머니는 방학 중에도 업무를 처리하느라 자주 학교에 나가셨다. 어머니는 방학 중에 출근하실 때는 평소처럼 나를 할머니 집에 맡겨두지 않고, 종종 학교에 데리고 가셨다. 방학 중인 시골의 작고 조용한 학교에, 몇몇 선생님들이 출근해 일을 하셨고, 어머니와 함께 학교에 나와 놀고 있는 나를 보며 싱긋 웃어주셨다. 점심시간이 되면 나는 선생님들과 같이 식사도 하였는데, 어떤 것을 먹었는지까지는 기억이 나지 않는다. 도시가 아니라 작은 시골 학교였으니, 도시락을 먹을 때도 있었고, 근처 식당에서 식사를 주문해서 먹는 날도 있었을 것이다. 그런데 내가 무엇을 먹었는지 하나 기억나는 것이 있었는데, 그것은 바로 육개장 사발면이었다. 지금도 많은 사람들이 즐겨 먹는 육개장 사발면 제품이, 당시 교무실 책상 위에 떡하니 놓여 있었다. 나는 그것이 무엇인지 몰랐지만, 어린 나이에도 다양한 음식을 먹어본 경험(?) 때문인지 이것은 맛있을 것 같다는 직감이 들었다. 그리고 먹고 싶다고 어머니를 졸랐고, 어머니의 윤허(?)로 드디어 미지의 음식을 맛볼 기회가 생겼다. 사발면의 포장지를 뜯어 뜨거운 물을 붓고 기다렸다. 어머니 말로는 분명 라면이라고 했는데, 내가 알고 있는 라면의 모습과 완전히 달라, 걱정했다. 그러나 그것은 기우였다. 호호 불며 처음 먹어본 컵라면의 맛은 기대 이상으로 환상적이었다. 이것도 라면이었던가? 이름은 내가 먹던 라면과 같은 라면이었지만, 평소에 어머니께서 끓여주신 라면과는 생긴 것뿐 아니라 맛도 식감도 달랐다. 얇고 꼬들꼬들한 면, 살짝 매콤하고 구수한 국물 맛의 육개장 컵라면을 먹어본 경험은 어린 나에게 신선한 충격이었다.

이렇게 맛있게 먹은 육개장 사발면이었지만, 평소에는 먹을 일이 거의 없었고, 주변에서 이 라면을 볼 일도 없었다. 당시에는 사발면이 지금처럼 흔하지 않았기 때문이었을까? 아니면 내가 어려서 보지 못한 걸까? 학교에서 맛본 육개장 사발면의 맛은 잊을 수 없었지만, 내 눈에 보이지 않으니 어린 내 머릿속에서 육개장 사발면에 대한 관심은 사라져갔다.

시간이 흘러 내가 초등학교에 입학한 후 얼마 지나지 않아서였다. 어릴 적 내 기억 속에 아버지와 둘이서 외출하는 경우는 흔하지 않은데, 무슨 사정이 있었는지 아버지와 외출할 일이 생겼다. 그리고 외출 중에 점심시간이 돼 아버지와 단둘이 식당에서 식사를 하기로 했다. 아버지는 나에게 메뉴를 고르라고 했고, 덕분에 어린 나는 뭘 먹고 싶은지 골라야 했는데, 내 눈에 들어온 특별한 메뉴가 있었다. 그것은 바로 '육개장'이었다. 내 머릿속에 학교에서 먹어본, 환상의 맛을 보여주던 육개장 사발면의 이미지가 스쳐갔다. 그래서 나는 망설임 없이 아버지에게 육개장을 먹고 싶다고 졸랐고, 아버지께서는 내 점심 식사로 육개장을 주문해 주셨다. 그러나 식당 주인이 가져온 육개장은 내가 상상한 그것과는 완전히 다른 모습이었다. 내 앞에 놓인 음식은 내가 상상하던 육개장의 모습(육개장 사발면)이 아닌 얼큰한 국물에 고사리 등의 나물이 들어간 모습(진짜 육개장)이었던 것이다. 육개장 사발면의 모습을 기대한 나는 무척 상심한 나머지, 이건 육개장이 아니라며 고집을 피웠고, 밥도 먹지 않았다. 당시 그러한 사정을 몰랐던 아버지는 얼마나 난처하셨을까? 그 사건을 겪고 난 후 육개장에 대한 아버지의 설명을 듣고 나서 육개장 사발면과 육개장은 다르다는 것을 알 수 있었으나, 육개장을 육개장 사발면으로 착각하여 주문한 사건은 내 머릿속에 잊을 수 없는 유년기의 기억으로 남았다.

얼마 지나지 않아 추운 겨울이 되었다. 내가 살던 고장인 강원도 홍천은 겨울이 상당히 춥다. 겨울이 되면 강물을 막아 얼린 후 그 위에 스케이트장을 만들었다. 어릴 적 노는 것을 좋아하던 나는 종종 스케이트장으로 나갔다. 스케이트를 열심히 타다 보니 배가 고프기 시작했는데, 스케이트장 주변에는 상인들이 간이매점을 만들어 다양한 먹거리를 팔고 있었다. 나는 출출함을 달래려고 어머니가 준 용돈을 들고 매점으로 향했다. 매점에서 메뉴를 보고 깜짝 놀랐다. 메뉴에 내가 그

토록 원하던 육개장 사발면이 있었던 것이다. 이번에는 진짜로 예전에 맛있게 먹었던 육개장 사발면이었다. 나는 꼬깃꼬깃한 지폐를 꺼내 육개장을 주문했고, 뜨거운 물을 담은 사발면이 내 앞에 놓였다. 열심히 스케이트를 타고 나서 먹는 육개장 사발면은 학교에서 먹었을 때보다 더욱 맛있었다. 나는 추운 겨울 스케이트장에서 따뜻한 육개장 사발면 국물을 마시며, 어른이 되어서는 다시 느낄 수 없는 환상적인 라면 맛을 느낄 수 있었다.

# 힘든 시간에
# 나를 지켜준 라면

점점 시간이 흘렀고, 나는 청소년으로 성장했다. 언제부터인가 라면은 그냥 내 일상에서 당연한 것이 되었다. 가끔 먹으면 맛있는 음식이라는 생각은 여전했지만, 쉽게 구할 수 있었고, 마음만 먹으면 내가 만들어 먹을 수 있었기에 유년기 때보다 라면에 대한 관심은 줄어들었다. 가끔 가족들은 라면을 사왔고, 나는 출출할 때면 집에 있는 라면을 끓여 먹거나, 슈퍼마켓에서 컵라면을 사와서 먹었다.

그러다 사춘기가 찾아왔다. 감정이 소용돌이 치고,

부모님에게 큰 이유 없이 반항하던 시기였다. 당시 나는 종종 부모님의 말을 듣지 않고 거리를 방황했다. 아무에게도 알리지 않고 집을 나가 혼자 PC방에서 게임을 하며 오랜 시간을 보낼 때도 있었다. 혼자 밖을 돌아다니다 보면 배가 고파지는 것은 당연했는데, 내 수중에는 돈이 별로 없었다. 그래서 나는 적은 돈으로 끼니를 해결하기 위해 여러 컵라면 제품을 먹었는데, 당시 먹은 컵라면 한 사발은 소용돌이치던 나의 감정을 진정시켜주었다. 아직 어려서 먹는 양이 적었는지 '큰사발' 컵라면 한 개 정도의 양이면 내 끼니를 해결해 줄 수 있었다. 그렇게 컵라면으로 식사를 해결하고 나면 기분이 좋아져서 집으로 돌아가야겠다는 생각을 했다.

그렇게 폭풍우 같은 사춘기를 보내고 나서 일상으로 돌아온 나는 여느 또래 고등학생처럼 입시 공부에 몰두하기 시작했다. 어른이 되어 무엇을 하고 싶은지, 어떤 직업을 갖고 싶은지 명확한 목표가 있었던 것은 아니지만, 당시 남들이 다 목표하듯, 소위 SKY라 부르는 명문대에 가는 것을 목표로 삼고 매일매일 공부했다. 청춘을 불사르며 공부하던 고등학교 3학년 때는 매일 아침 7시에 일어나 학교로 달려갔고, 밤 12시에 학교 문을 닫고 가장 늦게 나왔지만, 처음 본 수능의 벽은 높았고 나는 입시에 실패했다.

그러나 나는 부모님의 도움으로 재수를 결심했다. 고3 때와 마찬가지로 아침 일찍 일어나, 하루 종일 공부하고, 밤이 되면 공부에 지쳐 쓰러지는 일상을 반복했다. 그렇게 청춘을 불태우고, 밤잠을 줄여 공부했건만, 내가 목표하는 대학에 진학하는 데 또 실패했다. 두 번째 실패는 나에게 엄청난 정신적 타격을 주었다. 눈높이를 낮춰 원하지 않던 대학에 가려고도 해봤으나, 나는 입시에 대한 욕심을 버리지 못했고, 다시 입시를 준비하려 했다. 내가 다시 입시 공부를 하려 하자 이번에는 부모님이 반대했다. 그러나 나의 의지, 아니 고집은 강했고, 안양의 작은 학원을 찾아가 학원 장학생으로 공부를 시작했다. 나의 입시 목표는 의대 진학이었다. 또 다시 하루 종일 공부하는 일상이 반복되었고, 밤낮으로 의대 진학에 대한 의지를 불사르며 공부했지만 세 번째 입시에서도 실패했다.

지금 되돌아보면 예견된 결과였다. 문과 출신인 나는 명확한 목표도 없이 문과 공부를 계속하다가 재수 중에 의대 진학을 목표하게 되었고, 세 번째 입시에서 문과에서 이과로 전과하였는데, 전과한 지 1년 만에 좋은 성적을 낸다는 것은 애초에 무리였다.

세 번째 입시 도전에 실패한 후, 나는 세상이 무너지는 것 같은 느낌을 받았다. 곧 군대도 가야 했던 나는 깊은 좌절감과 우울감에 빠졌다. 아무도 만나고 싶지 않았다. 사람들과 만나고 싶지 않아 친구들과 연락도 끊었고, 자신만의 세계에 빠진 은둔형 외톨이가 되었다. 그리고 어떻게 살 것인가 매일매일 고민했다. 계속된 입시 낙방 때문에 몸과 마음이 피폐해져 부모님조차 만나고 싶지 않았다. 그래서 아침에 잠들었고, 밤에 생활했다.

그래도 먹고는 살아야 했기에, 주로 부모님이 집에 없을 때 식사를 했다. 그 당시 우리집에는 암웨이라는 통신판매업체에서 판매하는 '뉴트리라면'이 있었는데 덕분에 즐겨 먹었다. 입시에 낙방한 후 일정한 수입도 없고, 사회와 단절된 채 살아가고 있던 나를 위로해준 것은 오로지 라면이었다. 라면은 큰 노력을 들이지 않고도, 쉽게 만들 수 있었고, 언제나 맛이 괜찮았다. 당시 라면은 나에게 삶을 포기하지 않고 계속 살아가게 해준 하나의 든든한 버팀목이 되어주었다.

라면 덕분이었을까? 나는 포기하지 말고 어떻게든 다시 공부해야겠다는 생각이 들었다. 군 입대도 다행히 더 연기할 수 있었고, 부모님이 경제적으로 도와주신 덕분에 수능을 다시 볼 수 있었다. 그러나 세 번째 입시 후 방황한 기간이 길었던 탓인지 네 번째 수능 결과 역시 만족스럽지 못했다. 그러나 군대 문제가 다가온 나에게는 더 이상 선택권이 없었다. 점수에 맞춰 대학에 가든지, 입시 원서 쓰는 것을 포기하든지 하나를 선택해야 했다. 당시에도 의대의 꿈을 버리지 못한 나는 입시원서를 쓰지 않고, 군대를 제대한 후 다시 수능을 봐서 의대를 가야겠다고 생각했지만, 부모님은 내 생각에 반대했다. 부모님은 군대에 가면, 공백 기간이 길어 전역 후 다시 새롭게 공부해야 한다는 사실을 나에게 환기시켜주었고, 그것은 상당히 힘들다며 나를 설득하셨다. 그리고 나에게 입시 성적에 맞춰 대학 원서를 쓰라고 권유해주셨다. 입시 기간 내내 고집을 부린 나였지만, 더 이상 부모님 앞에서 고집을 부릴 수 없었다. 내 고집을 꺾고, 부모님의 권유에 따라 교육대학교에 원서를 쓰게 되었다. 그리고 두 달 후 홈페이지를 통해 교육대학교에 합격되었다는 사실을 알았다. 늦은 나이에 대학에 합격해 기뻤지만, 당장 대학교에 가기는 어려웠다. 이미 군복무 연기를 오래 했던 터이기에, 더 이상 군대를 늦추는 것은 큰 부담이 되었다. 나는 몇 달 후 입대를 하게 된다. 그렇게 입시와 씨름하던 나날에서 벗어나 새로운 공간으로 갔기 때문이었을까? 강제로 끌려간 군대에서 나는 내 인생을 바꿀 새로운 꿈을 찾고 항상 곁에 있던 라면의 새로운 모습을 발견한다.

# 밤하늘을 바라보며

나는 춘천의 102보충대로 입소하여 23사단에 배정받았다. 그리하여 삼척의 23사단 훈련소로 이동했다. 나는 5월에 입대하였는데, 그 덕분에 나는 땡볕에서 고된 훈련을 받으며 군인이 되어가고 있었다. 훈련소에서는 더운 날씨에도 사격훈련, 총검술, 포복 훈련 등 힘든 훈련을 시켰다. 또 화생방, 행군 등의 훈련도 했는데, 내가 가장 두려워하고 힘들어한 훈련은 더운 날 무거운 군장을 지고 오랜 시간을 걸어야 하는 행군이었다.

당시 23사단 훈련소에서는 5주간의 기본 훈련 동

안 15킬로미터 행군과 30킬로미터 행군을 했고, 5주 후 2주간의 주특기 심화 훈련 중에 40킬로미터 행군을 했다. 5주간의 훈련을 마치고 더운 6월 말에 우리는 40킬로미터 행군을 해야 하는 것이다. 낮 2시에 출발하여 새벽 2시가 넘어 도착하는, 총 열두 시간이 넘는 어려운 행군이었다. 나는 15킬로미터 행군과 30킬로미터 행군을 한 경험을 바탕으로 행군이 시작되자마자, 앞 사람 발만 바라보고 걸으며, 내 삶을 되돌아보았다. 장거리 행군을 할 때는 행군한다는 사실 자체를 잊어버리는 쪽이 편하다. 그래서 나는 어떻게 살아왔고, 앞으로 어떻게 살아가야 할 것인가를 사색하며 행군의 고통을 잊으려 한 것이다. 그러나 그것도 어느 정도까지였다. 행군을 시작한 지 열 시간이 넘었을 때, 우리들은 거의 정신력 하나로 버티며 걸었다. 간부와 조교들은 거의 두 시간 전부터 다 도착했다고 말했지만, 이 긴 행군이 언제 끝날지 명확히 알 수 없었다. 우리는 언제 끝날지를 생각하지 않으며, 그저 이 고통이 끝나기만을 바랐지만, 쉽게 끝날 기미가 보이지 않았다. 그래도 다행이었던 점은 쉬는 시간이 있었다는 것이다. 행군 중에는 중간 중간에 쉬는 시간이 있는데, 행군을 시작한 지 열 시간이 넘은 자정 무렵에 우리들에게 쉬는 시간이 주어졌다. 행군을 시작하고 얼마 되지 않았을 때는 옆의 동료들과 쉬는 시간에 농담도 하고, 이야기도 나누었지만, 열 시간의 행군 후, 자정 가까운 시간에 쉴 때는 300명의 병사가 고요한 침묵 속에서 어두운 밤하늘을 바라보며, 눈만 껌뻑이고 있었다. 나도 밤하늘을 바라봤다. 별이 반짝이는 하늘을 바라보며 멍하니 '하늘이 참 아름답구나'라고 생각하고 있는데, 우리들 앞에 군용 트럭이 도착했다. 모든 병사들의 시선은 트럭으로 향했다. 트럭에서 누가 무엇을 가지고 나올지 궁금했다. 행군에 지친 병사들을 위로하기 위한 보급 간식이 나오는 트럭이었다. 조교들이 군용 컵라면 박스와 뜨거운 물이 담겨 있는 온수 통을 같이 들고 트럭에서 내렸다. 지친 병사들은 환호할 수는 없었지만, 모두 조교들을 바라보았다. 조교들은 병사 1인당 육개장 사발면[2] 한 개씩을 나누어주었다. 병사들은 지친 몸과 물집이 잡혀 아픈 발을 이끌고도 컵라면에 부을 뜨거운 물을 받으려고 줄

2 내가 군생활을 하던 2012년 당시 군용으로 보급되던 육개장 사발면은 시중에서 구할 수 있는 농심 육개장 사발면이 아니라, 군납으로 들어오는 삼양 회사의 육개장 사발면 제품이었다. 당시 나와 내 주변 전우들은 이 사발면이 사회에서 먹던 사발면과 다른 종류의 라면이라는 것을 알지 못했다.

을 섰다. 나도 물집이 잡혀 걸을 때마다 욱신거리는 무거운 발을 이끌고, 뜨거운 물을 받기 위해 줄을 섰다. 드디어 내가 뜨거운 물을 받을 차례가 되었다. 물을 받으려고 온수 통에 컵라면을 갖다 댔는데, 온수 통에서 나오는 물은 뜨거운 물이 아니라 미지근한 물이었다. 물을 끓인 후 옮긴 것이라 꽤 시간이 지났기 때문에 물이 미지근한 것은 당연한 일이었다. 컵라면 용기에 미지근한 물을 받고 내 자리로 돌아와서, 라면이 익기를 기다렸다. 그러나 아무리 기다려도 익지 않을 것 같았다. 훈련소대장은 쉬는 시간이 얼마 남지 않았다고 이야기해 주었고, 나는 익지 않은 용기면을 먹기 위해 나무젓가락을 들었다. 빽빽한 라면을 한 젓가락 입으로 넣은 순간이었다. 나는 갑자기 감상에 잠겼다. 다 익지도 않은 빽빽한 면을 먹는데, 유년기에 먹던 육개장 사발면의 맛이 떠오른 것이었다. 나는 그때, 그 작은 사발면의 온기를 느낄 수 있었고, 긴 입시 기간 동안 잊고 있었던 것을 깨달았다. 삶에서 행복은 큰 곳에 있는 것이 아니라는 사실을 오랫동안 잊고 있었던 것이다. 어릴 적에는 단순히 이 육개장 사발면 한 젓가락 때문에 행복했고, 매일 무엇을 하며 놀지, 누구를 만날지가 행복이었다. 40킬로미터 행군 중에 먹은, 덜 익은 라면 한 젓가락은 오직 명문대를 들어가기 위하여 살아온 몇 년간의 세월을 반성하도록 만들어주었다. 그리고 그 짧은 찰나에 앞으로는 그런 큰 꿈이 아니라, 내 주변의 소박한 행복을 돌아보며 살아야겠다는 결심을 했다.

나와 전우들은 30분간의 소중한 휴식과 육개장 사발면이 준 에너지를 바탕으로 고된 몸을 이끌고 새벽 2시가 넘어서야 겨우 부대로 복귀했다. 그리고 열두 시간이 넘는 어려운 행군을 마무리했다. 행군이 끝나고 돌아와 씻자마자 다들 곯아떨어졌는데, 나는 이 소중한 경험과 깨달음을 잊고 싶지 않아 일기에 라면 한 젓가락이 준 교훈을 적었다. 그리고 이 교훈을 잊지 않겠노라고 마음속으로 되새기며 눈을 감았다.

# 환영의 마음을 담은 뽀글이[3]

그렇게 훈련소에서 7주간의 고된 훈련을 마치고, 이등병이 된 나는 배정된 부대로 이동했다. 처음 배치된 곳에서의 생활은 매우 낯설었다. 처음 만난 선임들은 나를 쌀쌀맞게 대했다. 내가 배치된 부대는 부조리가 심

3 뽀글이란 조리 기구가 없는 군대 내에서 병사들이 봉지 라면을 뜯고 그대로 뜨거운 정수기 물을 봉지에 부어 봉지를 그릇처럼 활용하여 먹는 방법을 말한다. 이렇게 뽀글이로 만들어 먹는 라면은 컵라면과 다른 특별한 맛을 냈고, 내가 근무할 당시 모르는 병사가 없을 정도로 라면을 먹는 유명한 방법이었다.

했는데, 이등병 막내였던 나는 선임의 빨래를 대신 하는 것은 물론, 온갖 심부름과 잡일을 해야 했다. 훈련병 때는 몸이 힘들어서 쉬고 싶었다면, 부대에 오고 나서는 내가 나라를 지키러 온 것인지, 선임들의 종노릇을 하러 온 것인지 회의감이 들어 힘들었다.

부대에 배치된 후 처음으로 맞은 주말, 휴게실로 모두 모이라는 분대장의 지시를 받았다. 나는 내 바로 위의 선임과 함께 휴게실로 갔다. 그곳에 우리 분대의 한 선임이 냉동식품과 과자, 그리고 라면을 사왔다. 선임과 분대원들이 함께 먹을 수 있도록 음식을 준비했는데, 선임이 뽀글이를 만든다고 도와달라고 했다. 나는 뽀글이가 무엇인지 몰랐다. 뽀글이를 모른다고 말했다가 꾸중을 듣기도 했지만, 선임은 나에게 뽀글이를 만드는 과정을 보여주었다. 봉지 라면을 뜯고 그곳에 뜨거운 물을 부어 컵라면처럼 만들어 먹는 방법을 뽀글이라고 부르는 것이었다. 뽀글이도 만들고, 소시지도 전자레인지에 돌리고, 과자도 뜯어 놓은 후 분대원들이 모두 오기를 기다렸다. 곧 모든 분대원들이 모였고, 나는 분대원들과 함께 준비한 음식을 먹었다. 준비한 음식 중에 가장 인기가 좋았던 것은 '간짬뽕' 뽀글이였다. 처음 먹어본 뽀글이는 맛이 정말 좋았다. 나도 한 젓가락 먹어보고는 그 맛에 반할 정도였다. 나는 조금밖에 먹지 못했는데, 뽀글이는 곧 사라졌다. 나는 신병위로휴가를 나가서 간짬뽕 뽀글이를 많이 먹어야겠다고 다짐했다. 그렇게 군대에서 처음으로 뽀글이를 만났고, 나의 군생활은 조금씩 앞으로 나아가고 있었다.

# 당직 근무에서 만난 라면

이등병 소총수로서 분대 생활을 하던 중에 유격 훈련에 참여하게 되었다. 유격 훈련은 여름에 하는 고된 훈련으로 육군 부대 훈련 중에서 모든 병사들이 가장 싫어하는 훈련이다. 나는 이등병으로서 훈련에 참여하다 보니, 선임들의 온갖 짜증을 다 받아내야 했다. 오후 유격 훈련이 끝나고 막사로 돌아가 쉬려고 하는 도중, 어떤 병사가 다가와 지휘통제실에서 부른다는 말을 전해주었다. 나는 그 말을 듣고 지휘통제실로 향했다. 지휘통제실에는 대대 작전과장이 있었는데 내가 훈련소에서부터 행정병을 지원했다는 사실을 알고, 나를 작전병으로 뽑으려고 부른 것이었다. 나는 당시 컴퓨터에 관심이 많았고, 컴퓨터 자격증도 여러 개 있었다. 작전과장은 나에게 작전병을 해보라고 제안했고, 나는 그의 제안을 받아들였다. 이등병 때 작전병으로 스카웃된 것은 앞으로 남은 나의 군생활을 완전히 바꿀 중요한 사건이 되었다.

작전병이 된 이후 나는 다른 소총수처럼 총을 들고 훈련하는 대신, 소총수들이 하는 훈련을 계획하고 준비하는 역할을 맡았다. 또한 내가 근무하는 23사단에는 동해안을 지키는 경계부대가 많았는데, 해안 경계에 관한 보고가 들어오면 기록하고 보고 받는 지휘통제실 상황병 역할도 주어졌다. 이러한 상황병 역할은 낮뿐 아니라 야간에도 24시간 내내 지속되는데, 야간 근무에는 장교와 병사들이 팀을 이루어 번갈아가면서 투입되었다. 당직 근무는 나에게 다시금 라면을 만날 기회를 제공했다.

나는 작전병이 된 덕분에 대대 지휘통제실의 야간 당직 근무에 투입되었다. 야간 당직은 지휘통제실에 당직사령인 간부와(대위급 또는 중위급 간부) 상황병 세 명이 모여 근무를 섰다. 근무시간은 오후 5시부터 다음날

아침 9시까지였다. 아침부터 정상적으로 일한 후, 다시 5시부터 당직근무에 투입되는 것은 상당히 지치고 힘든 일이었다. 그럼에도 불구하고 군대 내의 간부들과 병사들은 힘들다고 짜증내기보다 근무 중에 웃음을 잃지 않고, 매번 지루한 근무를 어떻게 즐겁게 할 수 있을까 고민하고 노력했다.

당직 근무에 투입되면 대부분의 간부는 같이 근무를 서는 당직 병사에게 자신의 신용카드를 주었다. 지루한 야간 당직 근무를 즐겁게 보내는 데 필요한, 근무 중에 먹을 과자나 컵라면 등을 사오라는 것이었다. 이러한 간부의 배려는 병사들을 기쁘게 했다. 나도 가끔 간부의 카드를 받아 근무 중 먹을 간식을 사러 군대 매점(PX)에 갔다. 이렇게 PX에 갈 때면 싱글벙글 입고리가 올라갔고 발걸음은 가벼워졌다. 카드를 가지고 PX에 진열되어 있는 다양한 과자와 간식들을 보고 있으면 당직근무를 해야 한다는 짜증이나 부담감은 사라졌다.

이등병이었을 때 처음 카드를 받아 PX에 간 날이었다. 먹을 과자를 고르고 난 후, 컵라면을 고르려고 하는 순간이었다. 나는 놀랐다. 내 눈앞에는 셀 수 없을 정도의 다양한 라면이 진열되어 있었는데, 이렇게 라면의 종류가 많았는지 몰랐던 것이다. 그리고 그때 문득 내 머릿속에 재밌는 생각이 떠올랐다. '제대하기 전에 이 라면들을 모두 먹어보자'라는 생각이었다. 참 별것 아닌 것 같지만 재미있는 생각이었다. 그날부터 나는, 야간 당직 근무를 할 때나, 혹은 일과 후 시간에, 주말에 PX에 가서 라면을 종류별로 구입해 먹어보기 시작했다. 혼자 세운 목표를 이루어나가는 과정은 지루한 군 생활 가운데 꽤나 큰 즐거움이었다.

# 세상의 모든 라면을 먹어보자는 꿈

이등병 때부터 나에게는 매일 반복되는 지루한 군 생활을 이겨내기 위한 취미가 몇 가지 있었다. 첫째는 일기 쓰기였고, 둘째는 독서였다. 내가 군 복무하던 당시 군대에서는 입대할 때 '소나기(소중한 나의 병영일기)'라는 일기장을 나누어 주었다. 나는 훈련병 때부터 소나기에 하루도 빠지지 않고 병영일기 일기를 썼다. 현재 나의 군 생활을 기록으로 남겨 언제든 기억하고 싶은 욕심 때문이었다. 소나기를 다 쓰고 난 후에는 공책을 사서 일기를 계속 썼다. 하루도 빠짐없이 쓴 일기는 지루한 군 생활을 이겨내는 데 큰 도움을 주었다.

두 번째 취미는 독서였다. 나는 입대하기 전부터 다양한 책을 읽는 것을 좋아했다. 훈련소에서 훈련을 마치고 자대로 간 후 내 눈에 들어온 것이 부대 내에 있는 진중문고[4]였다. 그리고 전역하기 전에 진중문고에 있는 책을 다 읽어야겠다고 결심했다. 또한 책을 읽고 글쓰기 연습을 해서 전역 후에 꼭 책을 써보겠노라 다짐했다.

하지만 하고 싶은 것이 많은 나였기에 이 두 가지 취미만으로는 군 생활의 지루함을 달래기에 역부족이었다. '지루한 군 생활을 더 재밌고, 의미 있게 보내게 해줄 만한 것은 없을까?'를 고민하다가 당직 근무 중 PX에 진열된 라면을 보고 아이디어가 번뜩 떠올랐다. PX에 진열되어 있는 라면을 다 먹어보자는 것이었다.

꿈이 생긴 후 PX에 있는 라면을 종류별로 먹다 보니, 금세 다 먹을 수 있었다. 그리고 조금 더 욕심이 생겼다, 세상은 넓으니, 분명 PX에 있는 라면 외에도 다양한 라면이 있을 것이라고 생각했다. 나는 일과 후 시간에 부

4 군대 내에 있는 책들을 모아놓은 곳을 말한다. 우리 부대 내에 작은 책장이 있었다.

대 내 사이버지식정보방[5](일명 사지방)에 있는 컴퓨터를 이용해서 라면에 대해 하나하나 조사하기 시작했다. 조사해본 결과, 국내에 시판되고 있는 라면의 종류는 상당히 많았다. 부대 내 PX에 있는 라면은 현재 우리나라에 시판되고 있는 라면의 극히 일부였다는 점을 깨달았다. 그 순간 나는 국내에 시판되는 모든 라면을 먹어보아야겠다는 목표를 세웠고, 더 나아가 세상의 모든 라면을 먹어보고 싶다는 꿈을 가지게 되었다. 그리고 라면과 관련한 책도 써보겠다고 결심했다.

5 군대 내에 있는 PC방 같은 곳. 일과 후 저녁 자유시간에 예약을 하면 무료로 컴퓨터를 사용할 수 있도록 허용한 부대 내의 복지시설이다. 당시에는 웹서핑 정도만 가능했고, 게임은 할 수 없었다.

# 라면 블로거 한스 리네쉬

나는 군대 내의 열악한 상황 속에서도 계속 라면을 조사했다. 라면을 조사하다 보니, 미국의 라면 블로거 '한스 리네쉬'에 대한 기사를 보게 되었다. 나와 같은 꿈을 가지고 있는 사람이었는데, 그는 다양한 라면을 먹어보고 자신의 블로그에 라면에 대한 평가를 남기고 있었다. 미국의 라면뿐 아니라, 한국 및 다양한 외국 라면을 먹어보고 소개하는 그의 모습은 내게 강렬한 인상을 남겼다.

한스 리네쉬를 알고 난 후 국내에도 그처럼 라면을

전문적으로 소개해주는 사람이 없을까 찾아보았다. 조사해보니, 국내에는 라면을 취미로 소개해주는 사람은 있었지만, 한스 리네쉬처럼 전문적으로 소개해주는 사람은 없었다. 세계라면협회의 조사에 따르면 1인당 라면 소비량이 1위일 정도로 한국 사람들은 라면을 많이 먹는다. 그만큼 한국에서 라면은 특별한 음식이다. 그런데 그런 한국에 한스 리네쉬 같은 라면 전문 블로거가 없다는 사실은 나에게 큰 아쉬움을 남겼다. 국내에 라면을 전문적으로 소개해주는 사람이 없다면 내가 그 역할을 해보겠노라고 결심했다. 그리고 세상의 모든 라면을 먹어보고, 소개하겠다는 나의 계획에 '라면 완전정복'이라는 이름을 붙였다. 아직 제대도 하지 않은 병사는 자신의 꿈을 어떻게 이룰 수 있을지 고민하며 하루하루를 보냈다.

# 라면 완전정복의 첫걸음

세상의 모든 라면을 먹어보겠다고 결심한 후 며칠이 지나지 않아 나는 휴가를 나갔다. 휴가 중에 나는 한스 리네쉬의 블로그를 생각하며 블로그를 만들었다. 라면을 먹고 난 후 조잡하지만 처음으로 리뷰를 블로그에 올리기도 했다. 그러나 군 생활이 끝나지 않은 휴가 중에 하는 리뷰에는 한계가 있었다. 그렇다고 쉽게 포기할 수도 없었다. 주어진 상황 속에서 내 꿈을 위해 최선을 다해 노력하지 않는다면, 다른 상황이 오더라도 그 꿈은 이루지 못할 것이라고 생각했기 때문이다. 짧은 휴가가 끝나 부대에 복귀한 후 나는 군 생활에서 먹어본 라면에 대한 소감을 노트에 기록했다. 또한 군대 내에서만 경험할 수 있는 라면과 관련된 에피소드를 노트에 기록하기 시작했다. 언젠가 책을 쓰겠다는 꿈을 가진 나에게 라면을 먹어보고 느낀 소감과 군대 내에서 일어나는 라면과 관련한 다양한 일들은 모두 좋은 글감이었다. 평소 일기를 쓰고, 글을 쓰는 것을 좋아하는 것을 알고 있던 간부들은 내게 무엇을 하느냐고 물었고, 그럴 때 나는 언젠가 책을 낼 것이라는 나의 꿈을 이야기했다. 당시 행정보급관님과 간부님들은 웃으며 나중에 책을 낸다면 꼭 사인을 해달라고 말해주셨다. 나는 나중에 꼭 사인을 해주겠다고 약속했다. 그만큼 나의 의지는 확고했다.

라면에 대한 글을 쓰겠다는 마음을 먹고 나니 군대는 참 좋은 공간이었다. 다양한 음식이 있는 군대 밖과 달리 먹을 것이 다양하지 않기에 병사들에게 라면은 특별한 존재였기 때문이다. 그렇기 때문에 병사들은 창의력을 발휘하여 라면을 맛있게 먹는 다양한 방법을 끊임없이 생각해냈다. 대표적인 것이 앞에서 소개한 뽀글이라는 조리 방법이다. 병사들은 뽀글이를 이용하여 짜장라면, 짬뽕라면 등 다양한 라면을 조리해 먹었고, 이러한 조리법은 장병들에게 맛의 신세계를 선사했다. 이뿐만이 아니었다. 매달 보급되는 육개장 사발면을 권장 조리법대로 먹지 않고 다른 방법으로 먹기도 했다. 컵라면에서 면을 꺼내 부숴서 분말스프를 뿌려 먹거나, 찍어먹는 경우도 있었고, 면만 익힌 후, 물을 버리고 익은 면에 분말스프를 섞어 비빔면처럼 먹는 경우도 있었다. 또 어떤 병사는 매달 보급되는 인스턴트 쌀국수 용기면 제품을 권장 조리법대로 먹지 않고, 뜨거운 물을 붓고 면이 익으면 물을 버린 후 면만 맛다시[6]라는 양념장에 비빈 후 참기름을 살짝 넣어 먹는 황금 레시피를 제조해냈다. 이러한 레시피는 부대 내에서 입소문을 타고 대유행을 하기도 했다. 병사들은 이렇게 지루한 군 생활을 라면을 이용해 달래고 있었고, 나는 이러한 이야기들을 기록으로 남겼다.

나 또한 라면을 맛있게 먹으려고 다양한 시도를 했다. 나는 특히 두 가지 종류의 라면을 섞어 먹거나, 라면에 다른 음식을 섞어 먹는 시도를 많이 했다. '불닭볶음면' 뽀글이에 스트링 치즈를 넣어 먹는 방법, 짜장 라면

6 '맛다시'란 양념장 상표의 이름이다. 내가 군생활 할 당시 맛다시는 PX에서 인기 상품이었다.

과 매운 라면 등 서로 다른 종류의 라면 두 종류를 섞어 먹는 방법, 두 개의 국물 라면을 섞어 먹는 방법 등 여러 시도를 했다. 이러한 시도는 성공할 때도 있고, 실패할 때도 있었다. 성공한 레시피를 이용해 색다른 라면을 만들어보고, 그 라면과 함께 냉동식품, 과자 등을 곁들여 분대원들과 조촐한 파티를 할 때는 세상에 부러울 것이 없을 정도였다. 그렇게 분대원들과 음식을 나누어 먹은 경험은 지금도 잊을 수 없는 소중한 추억이 되었다. 이렇게 나의 길고 긴 군 생활은 지나가고 있었다.

그렇게 끝이 보이지 않을 것 같던 21개월의 군 생활이 끝나고 나는 전역신고를 하고 사회로 나오게 되었다. 전역 후 나는 군대 내에서 계획한 대로 블로그에 본격적으로 라면 리뷰를 올리기 시작했다. '라면 완전정복'이라는 이름으로 라면을 리뷰하기 시작하였는데, 군대 내에서는 할 수 없는 것들을 할 수 있었다. 라면을 끓이면서 사진도 촬영하고, 라면에 대한 소개와 평가를 담은 리뷰를 블로그에 올리는 것은 꽤나 재미있는 과정이었다. 당시 나는 전역 후 곧 대학에 복학할 예정이었지만, 대학에 복학하는 것보다 라면 블로그를 운영하는 것이 더 즐거울 정도로 라면에 푹 빠져 있었다.

그래도 시간은 금방 지나갔고, 입시 기간 동안 길게 방황한 나는 군 복무를 마치고 스물여섯 살의 늦은 나이에 1학년으로 대학교에 복학했다. 적지 않은 나이였다. 나는 대부분의 학생들처럼 처음에는 기숙사에 들어갔다. 대학 생활에 적응하느라 매일매일이 바빴지만, 군대에서 생긴 라면에 대한 꿈을 잊을 수 없어서 나는 꾸준히 라면 블로그를 운영했다.

그러나 대학 생활에서 첫 보금자리가 되어준 기숙사는 라면 리뷰를 하기에 우호적인 공간이 아니었다. 조리기구가 따로 있는 것도 아니어서 라면을 휴게실에 있는 정수기와 전자레인지를 이용해 조리할 수밖에 없었다. 제한된 상황이었기에 기숙사에 있을 때는 컵라면을 위주로 먹어보고 리뷰를 올렸고, 주말에는 고향 집으로 가서, 봉지 라면을 끓여 먹어보고 블로그에 리뷰를 올렸다. 이런 생활이 조금 무리였을지 몰라도, 내 꿈을 이루어가는 과정이었기 때문에 크게 힘들다는 생각은 하지 않았다.

# 다양한 라면을 찾아서

원래 하고 싶은 것이 많은 성격이기도 하지만, 늦깎이 대학 생활을 하다 보니 또래 대학생들보다 돈을 벌고 싶은 욕심이 많았다. 스물여섯 살에 1학년이 된 나는 누구보다 알바를 많이 해보고 돈을 많이 벌어보겠노라 결심했다. 대학교 1학년 때부터 일일 아르바이트, 공공근로, 학원 강사 아르바이트 등 다양한 아르바이트를 해보았다. 아르바이트를 하면 할수록 아르바이트를 하러 가는 동안의 시간이 아까워지기 시작했다. 나는 일하러 가는 시간을 어떻게 줄일 수 있을지 고민했고, 결국 큰 마음을 먹고 중고 오토바이[7]를 구입했다. 오토바이는 주로 알바 하러 갈 때 출퇴근용으로 사용했는데, 이 오토바이가 라면에 관한 꿈을 이루는 데 도움이 될 줄은 상상도 못했다.

블로그를 운영하며, 라면 리뷰를 하다 보면 사람들이 유명하지 않은 다양한 라면 제품을 리뷰해 달라고 요청하는데, 그럴 때마다 단일 제품을 인터넷으로 구입하지 못한다는 한계가 있었다. 낱개 제품으로 구입하려면 여러 슈퍼마켓과 편의점을 돌아다녀야 한다. 그렇게 여러 곳을 돌아다니며 라면을 구입할 때, 내 오토바이를 활용하기 시작했고, 알바를 위해 구입한 오토바이는 세상의 모든 라면을 먹어보겠다는 나의 꿈을 이루는 데 가장 큰 조력자가 되었다.

---

7 내가 탄 오토바이는 CBR125cc로 일명 '구축'이라고 불리는 레플리카 바이크다. 레플리카 바이크란 경기용 바이크를 복제한 형태로, R차라고도 불리는 오토바이의 한 종류다.

대학생 때 알바를 한 돈을 모으고 모아 중고로 산 이 오토바이는 내게 엄청난 자유를 안겨주었다. 내가 원하는 곳은 어디든 갈 수 있었고, 이 덕분에 세상의 모든 라면을 먹어보자는 내 꿈도 더 잘 이루어 나갈 수 있었다. 그래서 CBR125cc 바이크는 단순히 오토바이 이상의 의미를 가진, 나에게 정말 고마운 존재다. 그래서일까? 직장을 잡고 자동차를 끌고 다니는 지금도 오토바이를 쉽게 버리지 못하고 있다.

나는 오토바이를 타고 원하는 라면을 찾으려고 열 곳 이상의 슈퍼마켓을 돌아다닌 적도 있다. 또 5킬로미터 정도 되는 거리에 낱개 봉지 라면을 많이 진열해 놓고 파는 마트가 있었는데, 그 마트에 자주 가기도 했다. 그러다 보니, 그 마트의 주인은 오토바이를 타고 매번 라면을 사러 오는 나에게 관심을 가졌고, 내가 오면 또 라면을 사러 왔느냐며 반겨주기도 했다. 이렇게 나는 하루하루 대학생으로 살아가면서 세상의 모든 라면을 먹어보겠다는 꿈을 이뤄나가고 있었다.

# 라면 리뷰가 포털사이트 메인에 오르다

대학 생활을 하면서, 동기들이나 친구들은 내가 블로그에 라면 리뷰를 연재한다는 사실을 알고 있었다. 그러나 내 꿈은 주변 사람들에게 큰 관심거리가 아니었다. 꾸준히 라면 리뷰를 올리고 블로그를 운영하다 보니 내 블로그는 점점 방문자 수가 많아졌고, 리뷰도 점점 많아졌다. 그럼에도 내 블로그는 아직 잘 알려진 편은 아니었다. 그러던 중 어느 날이었다. 평소 때처럼 라면을 먹고, 라면 리뷰를 올리려고 블로그에 접속하던 순간이었다. 내 눈을 의심하지 않을 수 없었다, 평소 1000명 안팎이던 내 블로그 하루 방문자 수가 100배 증가한 10만 명이 된 것이다. 분명 무슨 일이 일어난 것이다. 나는 분명 어딘가에 내 리뷰가 노출되었을 것이라고 생각했다. 확인해 보니 내가 블로그에 올린 라면 특집이 포털사이트 메인에 올라간 것이었다. 포털사이트 메인에 내 특집이 한 번 올라가고 난 후, 내가 제작한 특집이 주기적으로 올라가기 시작했다. 내 블로그는 새로운 방문자들로 가득했고, 구독자는 증가했으며, 주변 사람들이 내 꿈에 관심을 가지기 시작했다. 그리고 내 블로그를 통해 모르는 사람들이 나의 꿈을 응원해주기 시작했다, 나의 작은 꿈을 믿고 응원해 주는 사람들 덕분에 나는 더 힘을 내서, 즐거운 마음으로 블로그를 운영해야겠다고 결심했다.

그러던 중 평소 내 특집이 올라가던 포털사이트의 기획팀에서 연락이 왔다. 자신이 포털사이트의 매니저로 근무하고 있다고 밝힌 그는 현재 포털사이트에서 20대를 위한 20pick이라는 공간을 만들려 한다고 말했다. 그리고 20pick이라는 곳에서 20대가 즐길 만한 다양한 볼거리를 연재할 에디터를 모집하는 중이라고 말을 이었다. 그리고 라면과 관련한 나의 특집이 대중에게 인기가 아주 좋았다며, 포털사이트와 함께 20pick이라는 공간에서 에디터로 활동해볼 생각이 없느냐고 제안했다. 나는 이런 좋은 기회를 놓칠 수 없었고 승낙했다. 매니저는 분당에 있는 포털사이트 본사로 와서 계약하자고 요청했다. 나는 국내에서 제일 큰 포털사이트 본사가 있는 분당으로 가서 계약서에 도장을 찍었고 에디터로 활동하게 되었다.

에디터의 역할은 콘텐츠를 제작하는 것이었다. 주 1회 라면과 관련된 특집을 제작해 20pick 관리자에게 보내주면, 20pick이라는 공간의 메인에 노출되도록 도와주었다. 콘텐츠 제작 지원비는 회당 7만 원 안팎으로 생각보다 적은 편이었지만, 내가 평소 좋아하는 라면 콘텐츠를 제작하면서 포털 사이트의 지원도 받을 수 있다는 것이 매력적이었다. 나는 이때부터 '라면정복자피키'라는 필명으로 활동하였고, 1년 반의 계약기간이 끝날 때까지, 총 53회의 라면 특집을 연재하였다. 각 특집은 10만에서 30만 정도의 조회수를 기록하였고, 3만 5000명이 구독하는 20pick의 대표 인기 페이지로 자리 잡았다.

# 나에게 찾아온 첫 방송 기회

학생으로서 대학교를 다니며 학업에 집중하고, 동시에 포털사이트의 콘텐츠 제작자로서 라면 특집을 제작하며 하루하루를 보내던 중 나에게 특별한 연락이 왔다. 지상파 방송사인 MBC에서 나에게 출연을 제의한 것이다. 방송 이름은 〈능력자들〉이었다. 다양한 분야에 관심을 가진 덕후[8]들을 소개하는 방송이었다. 나는 당시

8 일본어 오타쿠를 한국식으로 발음한 '오덕후'의 줄임말로, 현재는 어떤 분야에 몰두해 전문가 이상의 열정과 흥미를 가지고 있는 사람이라는 긍정적인 의미로 사용된다.

에 덕후라는 단어를 좋아하지 않아서, 덕후라는 단어를 선정한 것과 덕후를 소개한다는 방송 콘셉트 자체는 썩 마음에 들지 않았지만, 내 꿈을 알릴 수 있는 좋은 기회라는 생각이 들어 서로 더 의사소통 한 후 출연하기로 약속했다. 그런데 며칠 후 밤 10시가 넘은 늦은 시간에 갑작스럽게 방송국에서 연락이 왔다. 당장 내일이 촬영인데 원래 출연하기로 한 사람이 급한 사정이 생겨 출연하지 못하게 되었다는 것이다. 방송 작가는 다급한 목소리로 내일 당장 촬영이 가능하느냐고 물어보았다. 첫 출연이기도 했고, 아직 정확히 어떤 내용을 촬영하는지도 의사소통이 되지 않은 상태라 나는 많이 당황스러웠지만, 내 꿈을 알릴 수 있는 기회는 분명 여러 번 오는 것이 아니라는 생각이 들어 흔쾌히 방송 출연을 승낙했다. 그리고 바로 다음 날 촬영을 위해 버스를 타고 서울로 향했다.

출연 전에 방송 작가들이 나에게 어떤 식으로 촬영할 것인지를 알려주었다. 그중에는 황당한 내용이 많았다. 의사소통이 충분히 이루어지지 않은 상태에서 촬영이 진행되다 보니 발생한 사태였다. 작가들은 나에 대해 잘 몰랐기 때문에 무리한 것을 요구하기도 했다. 예를 들면, 뜨거운 정수기 물로 익힌 컵라면과 끓인 물로 익힌 컵라면을 구분할 수 있느냐고 물었다. 나는 도대체 무슨 생각으로 이런 것을 요청하는 것인지 이해할 수 없었고, 그런 것은 아무 의미도 없으며, 하고 싶지 않다고 말했다. 그러자 이번에 100가지가 넘는 라면 중에서 임의로 골라 끓인 후 먹어보지 않고, 눈으로만 보고 냄새만 맡아서 라면을 맞혀 보는 것은 어떻겠느냐고 요청했다. 이 또한 내 능력과 상관이 없고 맞히기 힘들 것이라고 대답했지만, 작가는 대중적인 라면 위주로 뽑도록 말해둘 테니 한번 시도만 해달라고 부탁했다. 문제가 생기면 편집해주겠다는 이야기도 덧붙였다. 참 난감했다. 아무리 세상의 모든 라면을 먹어보는 것이 꿈이고, 그 꿈을 이루고자 방송에 출연했지만, 이런 이상한 일을 시키려고 하다니……. 꼭 한동안 유행한 〈세상에 이런 일이〉나 〈화성인 바이러스〉 같은 프로그램의 콘셉트로 나를 소개하려 하는 것 같아 당황스러웠다. 그렇지만 출연하기로 했고, 실수할 경우 편집을 해준다고 하니 애걸복걸하는 방송 작가를 위해서라도 한번 도전해보기로 했다. 그렇게 방송 작가와 소통한 후 무대에 나가기 전에 출연진들을 보니, 무대에는 유명한 사람들로 가득했다. 당시 방송의 메인 MC는 입담으로 유명한 김구라 씨였고, 주변으로 인기 연예인인 양세형 씨, 정준하 씨, 윤박 씨, 홍진영 씨, 박형식 씨 등이 있었다. 유명한 연예인 사이에서 방송을 진행할 생각을 하니 조금 긴장되기도 했지만, 용기를 내 무대로 나아갔다.

이날 방송은 양세형 씨가 라면 덕후맘으로, 정준하 씨가 신발 덕후맘으로, 윤박 씨가 모차르트 덕후맘으로 나와, 각 덕후와 함께 한 팀을 이뤄 자신의 능력을 남들에게 보여주는 형식이었다. 양세형 씨는 라면 덕후맘이었지만 촬영 전까지 한 번도 보지 못했고, 방송이 시작돼서야 처음 마주했다.

나에 대해 소개한 후 자리에 앉아 MC, 게스트들과 인사를 했다. 그리고 라면 덕후맘 역할을 맡은 양세형 씨와 MC 김구라 씨의 진행으로 나의 이야기가 시작되었다. 양세형 씨는 나의 덕후맘 역할을 했기 때문에 방송 내내 내 능력을 치켜세우고 나를 꽤 챙겨주었다. 또한 양세형 씨는 방송 카메라가 잡히지 않을 때 내가 긴장하지 않도록 농담도 하고, 격려도 해줘서 참 고마웠다.

방송의 메인 MC는 김구라 씨였는데, 방송을 진행하는 김구라 씨의 능력은 정말 감탄이 나올 정도였다. 급하게 섭외된 상태라 방송 작가들과의 소통이 부족해 방송 분량이 잘 안 나올 수도 있다는 것을 직감한 때문인지 김구라 씨는 대본에 없던 것들을 즉석에서 다양하게 물어봐주었다. 내게 왜 라면에 빠지게 되었는지 물어보았고, 나만의 라면 먹는 팁, 여행 중에 라면을 구입하거나 먹어본 이야기 등 사람들이 관심 있어 할 만한 내용들을 콕 찍어 말할 수 있도록 도와주었다. 그중에서도 가장 고마웠던 점은 김구라 씨가 생라면을 부숴먹는 것에 대해 물어봐준 것이다. 생라면에 관한 질문은 대본에 없었는데, 김구라 씨는 그냥 슬쩍 던지듯이 나에게 "비빔면 같은 생라면도 먹어봤어요?"라고 자연스럽게 물어보았다. 내가 비빔면은 물론 다양한 라면을 생라면으로 부숴 먹어본 경험을 이야기하자, 김구라 씨는 물론 게스트까지 모두 놀랐다. 김구라 씨는 "그냥 쓱 던진 건데 별걸 다해봤네"라며 놀람을 표현했고, 주변 사람들도 폭발적으로 반응해주었다. 그래서 예정에 없던, 각종 라면을 부숴 먹는 생라면 시식회가 즉석에서 열렸고, 육개장 사발면부터 시작해 짜장 라면, 스파게티 라면, 비빔면 제품 등 다양한 라면을 게스트들과 함께 부숴 먹고 평가해보았다. 재미있는 광경이었고, 이 부분은 실제 방송에서 비중 있게 다루어졌다.

내 이야기와 생라면 시식회가 끝난 후 조금은 억지스러운 '라면 맞히기' 이벤트가 시작되었다. 이 코너는 서로 다른 100개의 라면 중에서 게스트들이 임의로 골라 요리사가 끓여주면, 내가 먹지 않고, 눈으로 보고 코로 냄새만 맡아 무슨 라면인지 맞히는 기이한 이벤트로 진행됐다. 나는 사전에 이런 기이한 이벤트는 내 능력과 상관도 없으며 만약 하더라도 못 맞힐 것이라고 이미 말한 상태였지만, 막상 해야 될 순간이 오니, 편집되더라도 최선을 다해 어떤 라면인지 맞혀보고 싶었다. 다행히 게스트들은 유명한 라면을 뽑아주었다. 게스트들이 고른 라면은 신라면, 삼양라면, 맛짬뽕, 안성탕면이었는데, 이 중에 신라면은 워낙 내가 많이 먹어본 라면이라 버섯 모양의 건더기와 면발을 보고 맞힐 수 있었고, 삼양라면은 특유의 부대찌개 같은 햄향을 맡고 맞힐 수 있었으며, 맛짬뽕은 세세하게 나뉘어 있는 특이한 면발을 보고 한 번에 맞힐 수 있었다. 그러나 안성탕면은 미역 건더기를 눈으로 보고 스낵면으로 착각해서 실수했다. 게스트들은 내가 실수하자 한 번 더 기회를 주었는데, 냄새와 건더기, 면발의 모양을 보고 안성탕면일 것이라고 대답했고, 다행히 맞힐 수 있었다. 내가 맞히기 전에 카메라 뒤편에 있는 방송작가들이 모두 기도하고 있는 모습을 보았다. 내가 한 번 실수하고 나서 맞히자 모두 환호하는 것을 보고 속으로 정말 다행이라고 생각했다.

방송에는 그렇게 네 개의 라면을 맞히기 시도해서 결국 네 개의 라면을 모두 맞힌 것으로 나갔다. 그러나 실제는 아니었다. 사실 세트장에서는 다섯 개의 라면을 맞혀보도록 했다. 김구라 씨가 고른 라면이 하나 더 있었는데 그 제품은 당시 유명하지 않은 풀무원의 '고추송송사골'이라는 제품이었다. 흔한 제품이 아니다 보니 외관만 보고, 냄새만 맡고서는 도저히 맞힐 수가 없었다. 그 자리에서 라면을 먹어보지는 않았지만, 먹은 후에 맞혀보라 했더라도 내가 맞혔을지는 장담할 수 없다. 고추송송사골은 결국 못 맞혔는데, 결국 편집돼 네 개 라면을 모두 맞힌 것으로 방송에 나갔다. 편집으로 내 능력을 더욱 부각시켜 보여주려는 의도였을 것이다. 후에 방송을 보고 편집을 하면 완전 다른 이야기가 된다는 것을 새삼 깨달았고, 편집의 힘을 몸소 체험했다.

그래도 되돌아보면 맞히기 어렵다고 생각하고 큰 기대를 하지 않았는데, 운이 좋게 네 개나 맞혀 정말 다행이었다. 그렇지만 또 한편으로 앞으로는 라면을 맞히는 이벤트처럼 나의 꿈과 관련이 없는 억지스러운 이벤트를 요구하는 방송이 있다면 촬영에 응하지 말아야겠다는 생각도 들었다.

당일 방송은 세 명의 능력자가 나와 촬영하였는데,

내 방송 촬영은 여러 능력자 중 마지막으로 진행되었다. 촬영이 끝난 후 시계를 보니 어느새 자정이 넘어 있었다. 같이 촬영을 한 게스트들은 다들 피곤하고 지칠 만한데도, 나에게 고생했다고 밝게 인사해주었다. 특히 유명 트로트 가수 홍진영 씨는 내가 인사드리자, 방송 때 고생 많았다고, 재밌었다고 환하게 웃으며 인사해주어서 정말 고마웠다. 나는 평소 텔레비전에 나오는 방송이 이렇게 늦게까지 촬영하는지 몰랐다. 자정이 넘어서야 방송 촬영을 마치고 집으로 돌아가는 연예인들을 보며 많은 생각이 들었다. 보통 사람보다 돈은 많이 벌겠지만, 밤늦게까지 촬영해야 하고, 자신을 바라보는 대중에게 항상 좋은 모습을 보여야 한다는 부담감이 있는 연예인이라는 직업은 참 힘들겠다는 생각을 했다. 또한 방송 촬영을 준비하고 정리하는 PD, 방송 작가, 스텝의 희생이 있어 재미있는 방송이 만들어진다는 것을 다시 한번 깨달았고 그들이 고마웠다.

# 첫 방송이 나간 후

<능력자들>은 급하게 촬영된 방송이었다. 촬영 후 얼마 지나지 않아 텔레비전을 통해 방송이 나갔다. 시간이 얼마 지나지 않았고, 첫 방송이라 알려야 할지 고민도 돼 주변의 정말 친한 지인 외에는 방송에 출연한 사실을 이야기하지 않았다. <능력자들>이 본방송으로 나갈 당시 나는 아르바이트를 하던 중이었는데, 마치고 나서 스마트폰을 보니 주변 지인들로부터 다양한 카카오톡이나 문자 메시지가 와 있었다. MBC에서 방송되다 보니, 많은 사람들이 본 것이다.

나는 알바를 마치고 집으로 돌아와 작가가 이메일로 보내준 방송 영상을 보았다. 방송을 보니, 실제로는 세트장에서 내가 가장 늦게 촬영했는데도, 방송에는 세 명의 능력자 중 내가 맨 처음으로 나오고 다음으로 다른 능력자들이 나왔다. 또한 뒤에 나온 모차르트 능력자나, 신발 능력자에 비해 더 많은 방송 분량이 나와 놀랐다. 〈능력자들〉에 내 방송 분량도 많이 넣고, 내가 나온 부분을 맨 앞에 보여준 것은 고마웠다. 또 〈능력자들〉에서는 능력자에 대한 이야기가 끝날 때마다 50명의 게스트 판정단이 판정을 했는데, 나는 40명의 판정단이 인정해서 그날 방송에 출연한 능력자 가운데 가장 탁월한 능력자로 인정받았다는 사실도 알 수 있었다. 방송을 다시 보며 뿌듯한 마음이 들었다.

방송이 나갔고, 여러 번 내 방송을 돌려보면서도 내가 방송에 출연했다는 사실이 믿기지 않았다. 주변 사람들은 만날 때마다 나에게 재밌게 봤다며 좋아해주었고, 블로그에서는 많은 이웃들과 구독자들이 내 방송을 보았다고 댓글을 달며 응원해주었다. 내가 목표한 꿈을 이룰 수 있다는 확신이 좀 더 커졌고, 즐거운 마음으로 내 꿈을 이루어가겠다는 결심도 했다.

억지스러운 내용도 있어 만족스럽기만 한 방송은 아

니었지만, 〈능력자들〉에 출연한 후 많은 변화가 있었다. 에디터로 활동하던 나의 20pick 포스트 페이지는 더욱 인기가 높아졌고, 주변 사람들이 내 꿈에 더 관심을 가져주기 시작했다. 조선일보 등 유명 신문사에서 내 이야기를 특집으로 다루고 싶다며 인터뷰를 제의했고, 여러 방송국에서 나에 대한 방송을 촬영하고 싶다며 제안도 들어왔다. 하루하루가 바쁘게 지나가고 있었다.

# 라면 특집을 연재하는 중 만난 악성 댓글들

나는 포털사이트와 계약한 후 매주 라면 특집을 제작하고 있었다. 그래서 매주 어떤 주제로 라면 특집을 제작해야 할지 고민했다. 카테고리별로 나누어서, 카테고리에 해당하는 라면을 모두 먹어보고, 각 라면의 특징을 비교해 소개한 후에 내 평가를 곁들이는 콘셉트의 라면 특집은 많은 사람들에게 인기가 있었다. 라면 특집은 계약 기간 중 매주 연재돼 53회까지 진행되었다. 당시 짜장 라면 특집, 짬뽕 라면 특집, 비빔면 특집, 섞어 먹는 라면 특집 등 여러 특집이 인기가 좋았고, 이런 특집을 30만 명 이상의 사람들이 봐주었다. 수많은 사람들이 방문해 봐주시다 보니, 응원 댓글이나 나에게 힘을 주는 댓글도 많았지만, 가끔 내용을 보고 나를 비방하거나 욕하는 악성 댓글을 다는 사람들도 있었다.

평소 나는 라면을 평가할 때, 전체적으로 평점을 높게 매기고 평가를 후하게 하는 편이다. 그런데 이런 나의 평점 방식을 보고 다 맛있다고 평가하면 평가 자체가 무슨 의미가 있느냐고 비판하는 사람들이 있었다.

그런 비판을 많이 받다가 한 번은 평소와 달리 특집을 연재할 때 제품별로 눈에 띄는 평점 격차를 두어야겠다고 생각했다. 그런 생각을 가지고 신제품 짜장 라면 특집을 제작했다. 신제품 짜장 라면 중에서 소스에서 나는 특유의 신맛 때문에 입맛에 잘 맞지 않는 제품이 있었는데, 구독자의 의견을 반영해 평소보다 혹평을 하고 평점을 낮게 주었다. 그렇게 제작한 라면 특집이 포털사이트 메인에 게시되었을 때였다. 평소와 마찬가지로 댓글을 보러 들어갔는데, 댓글 창에는 차마 말할 수 없을 정도의 많은 악플이 달려 있었다. 내가 특정 회사에서 돈을 받고 게시물을 작성하는 것이 아니냐는 사람도 있었고, 신뢰할 수 없는 게시물이라며 욕하는 사람도 있었다. 그리고 그 악플들은 많은 사람들의 공감을 받아 베스트 댓글이 되었다. 내가 평점을 낮게 준 제품은 당시 인기 제품이었는데 인기가 많은 신제품 짜장 라면의 평점을 무리하게 낮게 주었기 때문에 발생한 당연한 결과였다.

그 악플들을 보며 내가 큰 실수를 했다는 것을 알았다. 네티즌들의 비판을 반영하려 욕심을 내다가 평소와 다른 무리한 판단을 했기 때문에 악플이 생겨났다고 생각했다. 그리고 내 입맛에 맞지 않더라도, 제품별로 격차를 보이려고 무리하게 평점을 나누면 안 된다는 교훈도 얻었다. 아마 누군가는 내가 제품을 평가한 것을 보고, 평점 사이에 큰 차이가 없다고 실망할 수도 있겠지만 내 입맛에 맞지 않는 라면이라도, 누군가의 입맛에는 정말 맛있는 최고의 라면일 수 있다. 또한 누군가가 밤새 고민하고 힘들게 연구하여 만든 작품일 수도 있다. 이 사건이 일어나기 전까지 나는 이런 생각을 하며 평점을 주었지만, 이 특집에서는 깊은 생각을 못하고 실수를 범했고, 이 사건 이후로 무리하게 평가하는 실수를 다시는 반복하지 말아야겠다고 결심했다.

이 외에 또 라면 특집을 시작한 지 얼마 지나지 않아 내 라면 특집에 악성 댓글이 달린 적이 있다. 내가 특집에 사용한 라면 사진에 대한 악성 댓글이었다. 일부 사람들은 내가 촬영한 라면 사진의 화질이 떨어지는 점을 문제 삼으며, 식욕이 떨어지도록 사진을 못 찍는다고 욕했다. 라면 특집을 시작하고 얼마 지나지 않았을 때는 사진에 대해 깊이 생각하지 못했고, 내가 가지고 있는 스마트폰의 카메라를 이용해서 찍었다. 그런데 스마트폰의 카메라는 성능이 떨어졌고, 당시 사진 촬영 기술과 조명의 원리 또한 알지 못했다. 나는 고민 끝에 목돈을 들여 DSLR 전문가용 카메라를 구입하고, 사진 기술과 조명 등을 연구했다. 그 후로는 내 라면 특집에서 사진에 대한 악성 댓글은 사라졌다.

악성 댓글을 보면 마음이 아프지만, 악성 댓글이 달리는 데에는 이유가 있다고 생각했고 댓글을 단 사람을 욕하기보다 나 자신을 먼저 되돌아보았다. 실제로 악성 댓글은 사실 내가 잘못하고 있는 부분을 정확히 꼬집어 주는 역할을 했다. 내가 그것을 깨닫고 내 잘못을 되풀이하지 않을 때, 악성 댓글은 사라졌다. 나는 내 꿈을 이루기 위해 성실하고 묵묵하게 나아간다면 분명 사람들은 내 꿈의 무게를 알아줄 것이라고 생각하고, 내가 큰 실수를 하지 않는 한 악성 댓글 또한 보이지 않을 것이라고 생각한다.

# 내 인생을 바꾼 촬영
# – tvN <수요미식회>

〈능력자들〉 방송이 나간 후 다른 방송국에서 방송 출연 제의가 들어오기도 했다. 그러나 〈능력자들〉을 촬영하면서 앞으로는 제대로 의사소통이 되지 않는 방송이나, 무리한 요구를 하는 방송은 나가지 않겠노라고 다짐했다. 그리고 세상의 모든 라면을 먹어보겠다는 꿈을 가지고 라면 리뷰를 하는 내 이야기를 진솔하게 들려줄 수 있는 방송 외에는 나가지 않겠다고 결심했다.

다양한 라면을 먹어보고 리뷰하며 블로그를 운영하던 도중, 이번에는 케이블 방송사인 tvN에서 연락이 왔다. 당시 미식 프로그램으로 유명하던 〈수요미식회〉에서 나에게 방송 출연 제의를 한 것이었다. 내가 나갈 회차의 콘셉트는 당시 인기였던 프리미엄 짬뽕 라면에 대해 평하는 것이었는데, 이 방송에 나도 미식가의 한 사람으로서 참여해달라고 요청이 들어온 것이다. 그리고 방송 작가는 나에게 기이한 이벤트나 내 꿈과 상관없는 무리한 요구는 절대 하지 않겠노라고 약속했다. 나는 작가의 약속을 듣고 안심이 되었고, 〈수요미식회〉 같은 수준 높은 프로그램에 나갈 수 있다는 사실에 상당히 기뻤다. 평소에도 이런 맛 전문 평론 방송에 나가보고 싶다는 생각이 있었기 때문이다.

두 번째 방송 출연이었고, 첫 번째 방송 출연과 달리 급하게 촬영하지 않아 준비를 더 많이 할 수 있었다. 촬영을 위해 대학 교수님께 말씀드려 학교 수업 시간을 조정하고 tvN 촬영 세트장으로 이동했다. 세트장에 도착해서 작가님에게 촬영 이야기를 들었고, 나는 방송 중간에 들어가는 것이라는 안내를 받았다.

방송의 메인 MC는 전현무 씨와 신동엽 씨였다. 최현석 셰프와 이현우 가수, 팔도의 최용민 마케팅 팀장, 황교익 맛 칼럼니스트, 레드벨벳 슬기 등 유명한 게스트들이 짬뽕 라면에 관해 이야기하는 방송이었다. 나는 세트장 바깥의 대기실에서 모니터를 보며 방송작가의 신호를 기다리고 있었다. 시간이 되었고 방송 중간에 나는 MC와 게스트들에게 인사를 하고 세트장으로 들어갔다. 처음 들어가서 내 꿈과 내 블로그 활동을 간략히 소개한 후, 당시 유행하던 프리미엄 짬뽕라면 4종에 대해 이야기를 나누었다. MC인 전현무 씨는 나에게 라면들에 대한 의견을 물어보았고 나는 4종의 신제품 프리미엄 짬뽕 라면들을 솔직하게 평가했다. 〈수요미식회〉는 서로 의견을 나누는 토의와 토론의 장 같은 분위기여서 고기가 물을 만난 듯, 나는 즐거운 마음으로 이야기할 수 있었다.

방송 촬영을 하면서 가장 기억에 남은 것은 바로 옆자리에 앉아 계시던 황교익 선생님의 라면에 대한 평이었다. 최근 라면들이 달고, 맵고, 짜고, 자극적인 맛으로 나아가고 있는 흐름에 대해 통렬하게 비판했다. 방송에서는 레드벨벳 슬기 씨와 내가 혼나는 것처럼 편집됐던데, 나는 오히려 황교익 선생님의 말씀에 귀를 기울였다. 황교익 씨의 말씀에 모두 동감할 수는 없었지만 일부 내용은 공감이 되었다. 나는 맛 칼럼니스트라면 당연히 자극적인 맛을 비판할 수 있다고 생각했고, 자신의 맛 철학을 당당하게 말하는 그의 소신 있는 모습이 멋

지다고 생각했다. 세상의 모든 라면을 먹어보고 소개해 보자는 꿈을 가지고 라면을 리뷰하면서, 일부 라면 제품의 부족함을 강하게 꼬집다가 엄청난 악성 댓글과 비판을 받고 속앓이를 한 적도 있기에 황교익 맛 칼럼니스트가 소신을 가지고 당당하게 자신의 생각을 이야기하는 모습이 대단하게 느껴졌다. 그렇게 시간이 가는 줄 모르고 부담감 없이 편하게 라면과 관련한 내 의견을 말하고 나니, 촬영이 너무 짧아 아쉽기도 했다.

촬영을 마치고 옆자리에 있던 황교익 씨에게 고생하셨다고 인사했다. 황교익 씨도 환한 모습으로 나에게 고생했다고 답해주었다. 방금 전까지 라면의 맛과 관련하여 나와 다른 의견을 강하게 주장하던 황교익 씨였지만, 방송 후에는 환하게 인사해주시는 모습을 보고 열려 있는 사람이라는 것을 느꼈다. 게스트들이 자리를 뜬 후, 메인 MC인 전현무 씨만 자리에 남아 있었다. 전현무 씨는 따로 오프닝 멘트 촬영을 해야 했기 때문에 남은 것이었다. 나는 오프닝 멘트를 마친 전현무 씨에게 다가갔다. 당시 나는 전현무 씨가 메인 MC로 진행하는 JTBC의 〈비정상회담〉을 매주 즐겨 보고 있었고, 그 방송 덕분에 전현무 씨에 대해 호감을 가지고 있었다. 용기를 내 전현무 씨에게 다가가 팬이라고 말했고, 같이 사진을 찍어

주실 수 있느냐고 물었다. 전현무 씨는 밝게 웃으며, 자신도 라면을 엄청 좋아한다고 말했고, 조금 전 방송 촬영 중에 라면들을 평가하는 나의 이야기를 재미있게 들었다고 말해주었다. 또한 내가 자신의 팬이라는 사실을 듣고 기뻐하며 〈비정상회담〉에서 어떤 게스트들을 좋아하느냐고 물어보며 나와 대화했다. 친절한 전현무 씨 덕분에 내 기분은 더욱 좋아졌고, 〈수요미식회〉 촬영은 내 인생에서 잊을 수 없는 추억이 되었다.

방송에 출연한 후 주변 사람들의 반응은 첫 방송 때보다 더 뜨거웠다. 당시 〈수요미식회〉가 워낙 인기가 많았기 때문에 내 출연은 주변 사람들에게 엄청난 화제가 되었다. 방송 후 학교에서 모임을 할 때 같은 학교 학생이 직접 찾아와 나의 팬이라고, 내 꿈을 응원한다고 말해줄 정도였다. 약간 무관심하거나 그냥 단순히 흥밋거리로 보던 예전의 반응과는 달리, 더 많은 주변 사람들이 내 꿈을 진지하게 봐주기 시작했고, 내 꿈을 응원해주었다. 나는 이러한 반응을 보고 내 꿈을 이루기 위해 진지하게 더욱 노력해야겠다고 생각했다.

# 나의 첫 책
# 《라면 완전정복》

그렇게 방송에 출연한 후 나는 대학교에서 학업을 계속하였고, 시간이 나면 알바로 번 돈으로 해외로 나가 해외 라면을 먹어보고 리뷰를 하는 등 라면 블로거로서의 활동도 활발히 하면서 하루하루를 알차게 보내고 있었다. 그러던 중 모르는 곳으로부터 연락이 왔다. 스스로 출판사 대표라고 말씀하신 출판사 사장님은 내가 출연한 방송과 신문 기사를 인상 깊게 보았다며, 나에게 라면과 관련된 책을 써보라고 제의해주셨다. 처음에 나는 "세상의 모든 라면을 먹어보겠다는 꿈을 평생 이루기 위해 노력할 것입니다. 나중에 라면과 관련한 책을 써보고 싶긴 하지만, 지금 책을 제작하는 것은 이른 것 같습니다"라고 대답했다. 그러나 대표님은 책을 쓰기에 절대로 이른 시기가 아니라고 나를 설득하셨고, 책을 쓰는 것을 나의 꿈을 이루기 위한 하나의 과정으로 여기고 책을 제작해보자고 제안하셨다. 나는 지금 책을 쓴다는 것이 과연 잘하는 일일까 고민했지만, 이 또한 내 꿈을 이루기 위한 하나의 과정이라는 대표님의 말씀에 용기를 내 책을 써보기로 했다. 책의 제목은 내 블로그 이름을 따서 《라면 완전정복》으로 지었고, 주제는 국내에 시판돼 있는 다양한 라면을 소개하는 것으로 정했다. 처음으로 책을 쓰다 보니, 어떻게 써야 할지 갈피를 못 잡았지만 출판사 대표님의 도움으로 원고를 잘 마무리할 수 있었다.

《라면 완전정복》이 출간되고 나서, 많은 방송 출연 제의와 인터뷰가 들어왔다. 경향신문에서 나를 인터뷰한 라면에 대한 기사는 한 포털사이트에서 사람들이 가장 많이 본 뉴스 랭킹에 들기도 했고, KBS, JTBC, MBC, YTN, CJB 등 다양한 방송사에서 나의 이야기를 촬영하자며 연락해왔다. 나는 무리한 요구를 하는 촬영은 단호히 거절했지만, 대부분 무리한 요구를 하기보다 나의 이야기를 듣고 싶어 했기 때문에 최대한 촬영에 응했다.

그리고 전에는 없던 특별한 요청도 있었는데, 바로 라디오 출연 요청이었다. CBS, EBS, KBS 한민족라디오 등에서 나를 불렀다. CBS와는 전화로 인터뷰했지만, EBS와 KBS 한민족라디오에서는 나를 직접 스튜디오로 초청했다. 평소 나는 라디오를 듣는 것을 좋아했었고, 언젠가 꼭 라디오에 나가 보고 싶었기 때문에, 라디오에서 나에게 출연을 제의해준 것이 정말 기뻤다. 서울로 올라가서 방송국 스튜디오에서 자연스럽게 나의 꿈 이야기를 하고, 그 이야기가 라디오를 통해 방송될 때의 기분은 날아갈 것만 같았다.

《라면 완전정복》을 출간할 당시 임용고시가 5개월 정도밖에 남지 않은 상황이었다. 나는 임용고시를 보기 1년 전부터 준비를 열심히 하고 있었지만, 중간에 갑작스레 공부 외의 일로 바빠진 것이다. 그러나 나는 다시 임용고시에 집중했고, 촬영과 공부를 병행해 나갔다. 하루하루가 정말 바빴지만, 그 어느 때보다 나 자신이 자랑스러웠고, 내가 하는 일이 뿌듯하게 느껴졌다.

## 대학 졸업 후 직장인이 되어

임용고시 공부를 가장 열심히 해야 할 4학년 시기에, 나는 라면과 관련된 책을 출간하였고, 방송에도 나갔다. 그러나 임용고시는 만만한 것이 아니었다. 임용고시가 다가올수록 공부해야 할 것은 많아졌다. 시험 전 몇 달 간 라면과 관련한 모든 활동을 중지하고 모든 에너지를 임용고시에 집중했다. 아침 일찍 일어나 학교 도서관으로 가서 임용고시 공부를 하다가 밤늦게 집으로 돌아와서 잤다. 나는 다른 학생들과 달리 방송 등을 하느라 공부에 집중할 시간이 부족했기 때문에, 임용고시를 앞두고는 주말도 없이 도서관에서 공부에 열중했다.

이런 나의 노력이 통했는지 다행히도 임용고시에 합격할 수 있었다. 그러나 이것은 내 인생이 마주한 또 하나의 도전이었다. 대학생 때는 자유롭게 내 의견을 말할 수 있었고, 자유롭게 내 꿈을 이루기 위해 노력할 수 있었지만, 임용고시에 합격하여 초등학교 교사라는 직업을 가지게 된 이상, 항상 내 행동이 문제가 되지 않는지 되돌아보아야 했다. 교사가 된 후에도 예전과 같이 세상의 모든 라면을 먹어보겠다는 꿈을 이루려고 노력했지만, 공무원이면서 교사라는 직책을 가진 지금은 대학생 때와 달리 어떤 활동을 할 때 제약이 생겼다. 또 내가 하는 말과 행동도 조심하게 되었다.

교사가 된 후 수업 준비와 학교 업무를 하며 하루하루를 보내다 보니, 퇴근 후에 자유 시간이 있는데도 블로그를 하지 않고 쉬기도 했다. 그렇게 한동안 블로그를 쉬다 보니 다시 내 꿈이 생각나, 블로그도 하고 라면과 관련한 다양한 활동을 시작했다. 직장 생활을 하면서 동시에 라면과 관련한 내 꿈을 이뤄나가는 것, 두 가지의 균형을 맞추는 것은 아직 이루지 못한 내 인생에서 또 하나의 큰 과제가 되었다.

# 교사가 되어
# – 말하지 않아도 알아요

교사가 된 후 나는 학생들에게 나의 꿈을 먼저 알리지 않았다. 내가 예전에 책을 낸 적이 있는지, 혹은 방송에 출연한 적이 있는지 학생들에게 먼저 이야기하지 않은 것이다. 공적인 자리에서 내 사적인 꿈을 알릴 필요가 없다고 생각했고, 모든 학생들이 나의 꿈에 관심이 있는 것도 아니라고 생각했기 때문이다.

그러나 내가 말하지 않아도 언제나 눈치가 빠른 일부 학생들은 어느새 내 꿈을 알아낸다. 그리고 내가 책도 냈다는 사실을 안다. 검색해서 알아낸 건지, 어떻게 알아냈는지 알 도리는 없지만, 이렇게 눈치가 빠른 학생들에게는 내 꿈을 숨길 수가 없다.

내 꿈을 알아낸 학생은 슬쩍 나에게 라면과 관련해 책을 낸 적이 있느냐고 물어본다. 숨길 수 없어 그랬노라고 대답하면 일부 학생은 내가 왜 라면에 관련된 책을 냈는지 엄청 궁금해하며, 내 꿈에 대해 물어본다. 그 학생에게 내가 쓴 책을 가져다주기라도 하면, 아이들의 반응은 엄청 뜨거워진다. 물론 그 뜨거운 반응은 곧 식어버리지만, 내가 먼저 말하지도 않았는데, 내가 라면에 관한 책을 냈는지, 내가 어떤 꿈을 가지고 있는지 알아내는 것을 보면 내가 만난 제자들의 정보력이 대단하다는 것을 새삼 깨닫는다.

초등학교 교사가 되어 학생들을 만나고, 같은 반 학생들과 1년간 지낸다는 것은 정말 멋진 일이다. 나는 처음으로 교사가 돼 만난 제자들과 어떻게 잘 지낼 수 있을지, 어떻게 수업을 잘할 수 있을지 매일 고민했다. 대학 생활을 하며, 세상의 모든 라면을 먹어보겠다는 꿈을 가지고 청춘을 쏟아 부었던 것처럼, 나를 바라보고 있는 나의 제자들에게도 내 열정을 바쳤고, 앞으로도 바칠 것이다.

쉽지는 않지만 교육 현장에서 하루하루 재미있고 알

찬 수업이 이루어지고, 학생들과 소통하며, 즐겁고 편안한 반 분위기가 조성될 수 있도록 현재도 매일 최선을 다하고 있다.

# 앞으로의 꿈

교육대학교를 졸업하고 초등학교 교사가 되었다. 초등학교 교사라는 직업은 정말 매력적인 직업이다. 공무원으로서 안정된 직장이라는 매력도 있지만, 가장 매력적인 것은 학생들과 같이 배우며 성장할 수 있다는 점이다. 이는 교사만이 가진 특권이라고 자부한다. 그렇지만 나는 교사라는 직업 외에도 동시에 작가가 되고 싶다는 꿈이 있다. 현재 이 책을 포함해 두 권의 책을 냈지만, 나는 더 많은 글을 써 보고 싶다. 세계 여행을 하며, 전 세계의 라면에 관한 이야기를 담은 재미있는 책을 써보고도 싶고, 여행지에서 겪은 재미있는 일들을 모아 책을 만들고 싶다. 또한 초등교사로 일하면서 겪은 재미있는 이야기들을 에세이로 펴내고 싶다.

주변을 돌아보면 글을 쓰는 것을 두려워하거나 싫어하는 사람들이 많은데 나는 글을 쓰는 것이 즐겁다. 군복무를 하면서 일기를 쓸 때도, 라면에 대한 에피소드를 쓸 때도, 블로그에 리뷰를 작성할 때도 즐거웠다. 그리고 더 나아가 나의 첫 책《라면 완전정복》을 쓰게 되었을 때는 기쁨을 넘어 나에 대한 자부심이 생겼고, 지금 두 번째 책《라면이라면》을 쓸 수 있게 되었을 때는, 내가 엄청난 행운아라는 생각이 들었다.

내 꿈을 이루기 위해, 그리고 행복한 삶을 살기 위해, 앞으로도 내 삶을 꾸준히 되돌아보고 기록할 것이다. 군복무 중 지루한 일상 속에서 사소한 것에 행복해하던 그 시절을 잊지 않고, 앞으로도 일상의 작은 것들을 소중히 여기고 감사하며 살아갈 수 있도록 노력하겠다.

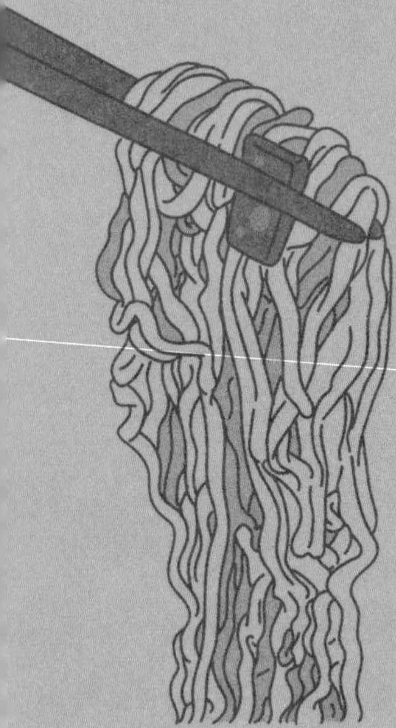

후루룹짭짭 후루룹짭짭
맛좋은 라면~

chapter 2

# 꿈을 이뤄나가는 과정에서 경험한 잊을 수 없는 일들

# 다양한 라면들을 만날 수 있는 기회 – 대한민국 라면 박람회

대한민국 라면 박람회는 2015년에 처음 열린 이후, 매년 꾸준히 진행되고 있는 국내 최대의 라면 관련 행사다. 나는 라면 블로그를 운영하다가 '슬픈라면'이라는 이웃 라면 블로거님을 통해 이 행사가 열리고 있다는 사실을 알았다. 그리고 꼭 참여해야겠다는 생각을 하던 중, 라면 박람회를 주최하는 분께 연락을 받았다. 라면 박람회 기획자로서 나와 만나고 싶다는 연락이었다. 당시 나는 라면과 관련해 방송 출연도 많이 하고 있었고, 책을 출간하고 나서 얼마 지나지 않았을 때라 바쁘게 지내고 있던 참이었다. 그래도 라면 박람회를 주최하시는 분들은 어떤 고민을 하고 계실지 궁금하여 만나기로 했다.

담당자님과 만나 평소 라면 박람회와 관련하여 내가 궁금해하던 점을 물어보았다. 먼저 왜 한국 라면 시장을 장악하고 있는 농심, 오뚜기, 삼양, 팔도 같은 기업이 라면 박람회에 참여하지 않는지를 물어보았다. 담당자님은 어렵게 말을 꺼내며, 라면 시장을 주도하는 기업들의 도움이 절실하게 필요하지만, 그런 기업의 협조가 잘 이루어지지 않는다고 했다. 중소기업이나 해외 라면 회사들은 라면 박람회를 통해 제품의 인지도도 높이고, 판로를 확보하고 싶어 적극적으로 참여하지만, 이미 대중들에게 충분히 인지도가 있고, 대형 마트 등 유통업계를 통한 판로가 확보되어 있는 기업은 참여가 소극적이라는 것이다.

우리나라의 인스턴트 라면 시장을 보면, 매출 대부분을 농심, 오뚜기, 삼양, 팔도 등의 기업 제품이 차지하고 있는데, 라면 박람회에 이런 기업들이 참여하지 않는다면, 대한민국 라면 박람회라는 이름이 무색해지는 반쪽짜리 행사가 될 수밖에 없었다. 그럼에도 불구하고 담당자님은 포기하지 않았다. 라면 시장을 선도하는 기업이 참여하지 않는다고 하더라도, 중소기업의 라면과 해외의 유명한 라면을 원하는 사람들을 위해 부스를 마련한다고 했다. 또한 국내 라멘 집들을 초청하여 다양한 먹거리를 제공했고 라면과 관련한 다양한 볼거리 등을 마련하여 라면 박람회의 명맥을 이어나가려고 노력하고 계셨다. 나도 그런 담당자님의 모습에 상당히 감명받았다. 대표님은 대한민국 라면 박람회가 일본의 라면박물관처럼 많은 사람들이 보고 즐길 수 있는, 한국의 대표적인 행사가 되기를 소망한다고 말했다. 나는 라면을 좋아하고 사랑하는 사람으로서 대한민국 라면 박람회가 성공하는 모습을 보고 싶다.

라면 박람회 행사 당일, 행사장은 인산인해로 발 디딜 틈이 없었다. 사람들은 일반 마트에서 구할 수 없는 다양한 중소기업 라면들, 해외 라면들을 구경하고 즉석에서 구입했다. 또한 계량컵, 라면 냄비, 뽄글이 제조기 등 라면과 관련한 다양한 제품들도 볼 수 있었다. 국내의 라멘 맛집들은 자신의 가게에서 만든 라멘을 구입해 맛볼 수 있는 부스도 마련했다. 나도 책을 홍보하는 부스를 마련했는데, 많은 사람들이 《라면 완전정복》을 구입해주셨다. 책 부스에 이웃 블로거 분들도 찾아와 나에게 인사해주셨고, 나를 처음 보는 시민들도 오셔서 나의 꿈을 응원해주셨다. 라면 박람회에서 부족한 내가 과분한 격려와 응원을 받을 수 있었다는 것은 행운이었고, 앞으로 세상의 모든 라면을 먹어보고 소개하겠다는 나의 꿈을 포기하지 않고 이루기 위해 꾸준히 노력해야겠다는 생각이 들었다.

나는 이듬해에도 라면 박람회를 찾았다. 역시나 대기업들은 참여하지 않았지만, 다양한 볼거리와 먹을거리가 있는 라면 박람회는 역시나 인산인해였다. 아마도 매년 이런 행사를 여는 것이 주최하는 쪽에서 보면 엄청난 시간과 노력이 드는 힘든 일이겠지만, 라면 박람회를 기다리고 참여하는 사람들을 위해 앞으로도 행사가 없어지지 않고, 꾸준히 열리기를 기원한다.

# 구미 농심 라면 공장을 가다

나는 강원도 홍천에서 태어나 자랐다. 내가 태어나고 자란 고장은 시골이어서 어릴 적 내게 친숙한 공장이라고는 홍천에 있는 하이트 맥주 공장뿐이었다. 나이가 들어 충청북도 청주에 있는 대학교에서 대학 생활을 할 때는 청주에 있는 여러 화학공장과 청주 근처에 있는 진천의 도시락 공장에서 알바를 해서 공장에 조금 더 친숙해졌지만, 그럼에도 내가 평소 가장 관심 있어 하는 라면을 생산하는 라면 공장의 모습은 어떨지 감히 상상할 수 없었다.

그러던 나에게 라면 공장을 견학할 수 있는 기회가 생겼다. 출판사 대표님의 도움으로 경북 구미시에 있는 농심 라면 공장을 견학할 수 있게 된 것이다. 견학 전에 공장 앞에 서서 바라보니 한눈에 들어오지 않는 넓은 공장 크기에 감탄이 나왔다.

안내하러 나오신 분을 따라 공장에 들어가 보니, 나뿐 아니라 공장을 견학하러 온 어린 학생의 모습도 볼 수 있었다. 내가 살고 있는 고장 홍천의 하이트 맥주 공장에도 시민들이나, 학생들이 견학을 많이 갔는데, 이곳 구미 공장도 지역 학생들이나 시민들에게 견학 코스로 인기가 많은 듯했다.

안내를 받아 라면을 생산하는 곳으로 들어갔는데, 공장의 생산 라인은 정말 놀라움 그 자체였다. 대부분의 생산 라인이 자동화되어 있었는데, 매순간 셀 수 없이 많은 라면들이 동시에 생산되고 있었다. 안내해주시는 분께서 흥미로운 이야기를 해주셨다. 기관총을 만드는 회사에서 라면을 만드는 설비를 들여왔다는 것이었다. 기관총이 순식간에 탄환을 발사하듯, 순식간에 수십 개, 수백 개의 라면을 생산해내는 라면 공장의 생산 라인을 보며, 이러한 기계 덕분에 우리가 저렴한 가격에 라면을 구입하여 먹을 수 있구나 하는 생각을 했다.

그러나 그런 기계들을 보며 반대로 씁쓸한 느낌도 들었다. 처음 공장 앞에 왔을 때는 한눈에 들어오지 않는 큰 공장의 규모에 놀랐는데, 공장 안에 들어와 보니 막상 사람들은 거의 보이지 않았기 때문이다. 라면을 생산하는 대부분의 과정이 자동화되어 일하는 사람이 별로 없다는 사실은 나에게 놀라움과 동시에 씁쓸한 느낌을 주었다. 그리고 드물게 공장 내에서 노동자의 모습을 보았는데, 어쩌다 발견한 노동자의 모습은 힘이 없어 보였다. 컨베이어벨트로 셀 수 없이 들어오는 라면 봉지들과 불량 제품들을 골라내는 역할을 맡은 노동자들의 무표정한 얼굴, 자리에 앉아 제품에만 눈이 가 있는 지루함이 가득한 노동자의 표정을 바라볼 때, 내 마음은 편하지 않았다.

위생적이면서도 경제적으로 탁월한 생산성을 갖춘 농심 구미 라면 공장의 모습은 나에게 어떻게 맛있는 라면을 시민들이 저렴한 가격에 구입할 수 있게 되었는지 알려주었지만, 한편으로 수많은 라면을 생산하는 공장이 노동자 없이 대부분 기계로 돌아간다는 사실이 나를 안타깝게 하였다. 라면 공장 속의 다양한 모습을 볼 수 있었던 구미 라면 공장 견학은 나에게 잊을 수 없는 값진 경험이 되었다.

# 휴먼 다큐멘터리 촬영에서 만난 사람들
# - 네팔 사람들과 라면

나는 라면과 관련하여 예능, 미식, 매거진(생활정보), 라디오 프로그램 등 다양한 방송으로부터 출연 제의를 받았고, 무리한 요청이 있는 경우가 아니면 촬영 제의에 응했다. 그중 가장 의미 있는 방송 출연 제의는 충청북도의 대표 지역 방송 CJB에서 온 것이었다. 이 방송사의 출연 제의는 여타 다른 방송사와 확연히 달랐다. 처음 만난 자리에서 자신이 예전에 〈인간극장〉 팀에서 다큐멘터리를 찍은 경험이 있다고 소개한 PD님은 나를 주인공으로 하는 휴먼 다큐멘터리를 찍고 싶다고 말했다. 그리고 놀랍게도 방송국에서 출연료를 책정하지 않았는데 그래도 촬영해보지 않겠느냐고 제의했다. 방송사에 따라 다르지만 사정이 좋지 않아도 적은 돈이라도 출연료를 주고 촬영을 요청하는 것이 대부분이어서, 출연료를 주지 않고 찍겠다는 PD님의 말은 당황스러웠다. 평소 내가 촬영한 내용과 비슷한 방송이었다면 촬영을 단박에 거절했을 것이다. 하지만 지금까지 〈인간극장〉 같은 휴먼 다큐멘터리를 찍어보자는 제안이 들어온 적은 한 번도 없었고, 앞으로 이런 기회가 다시 찾아올지 확신할 수 없었기에 고민 끝에 촬영을 승낙했다.

방송은 CJB의 〈시사매거진 통〉이라는 프로그램의 '사람이 좋다'라는 코너였다. 이 휴먼 다큐멘터리는 3부작으로 방송될 예정이어서 다른 촬영보다 시간이 많이 걸렸고, 2일에 걸쳐 촬영되었다. 첫날 촬영에서는 다른 방송들과 마찬가지로, 내가 왜 세상의 모든 라면을 먹어보자는 꿈을 가지게 되었는지, 블로그를 어떻게 운영하는지, 책을 어떻게 썼는지를 촬영했다. 첫날 촬영이 끝난 후 PD님은 3부작으로 진행되는 다큐멘터리를 위해 재밌는 활동을 해보자고 제안하셨다. 그것은 바로 네팔 라면을 찾아보고, 네팔 사람에게 끓여달라고 요청해서 먹어보는 활동을 해보자는 것이었다. 이 코너는 첫날 다른 나라의 라면에도 관심이 많아 해외에 가서도 라면을 구입해 먹어보고 소개하는 내 모습을 촬영한 후에 PD님이 즉석으로 기획해낸 것이다. 내가 나오는 방송을 찍기 전에 PD님은 충청북도 청주에서 네팔쉼터를 운영하고 있는 '수니따' 부부에 관련된 다큐멘터리를 찍었다고 한다. 그래서 수니따 부부의 도움을 받아 네팔 라면을 찾아보고 먹어보는 다큐멘터리를 촬영해보자고 제안하신 것이다.

나는 동남아시아의 베트남, 태국, 캄보디아 등의 라면은 먹어보았지만 네팔의 라면은 먹어본 적이 없었다. 하지만 언론을 통해 네팔에서 지진이 났을 때, 네팔의 억만장자인 '비놋 차드하리' 회장이 네팔의 이재민들에게 긴급 구호물품으로 라면을 제공했다는 사실을 알았고, 한국 사람들과 마찬가지로 네팔 사람들에게도 라면은 중요한 의미가 있다는 것을 느끼고 있었다. 그래서 네팔 라면에 대해 궁금하던 터에 PD님이 흥미로운 촬영 제안을 해주셔서 나는 흔쾌히 받아들였다.

그러나 촬영을 시작했는데 네팔 라면을 찾기란 보통 어려운 일이 아니었다. 중국, 베트남, 태국의 라면은 찾기 쉬웠으나, 네팔의 라면들을 구하는 것은 꽤나 벅찼다. PD님과 가게 주인들의 도움을 받아 여러 가게를 방문했지만, 그곳에서 네팔 라면을 구하지는 못했다. 그렇지만 포기할 수 없었다. PD님의 인맥을 총동원해서 묻고 물어, 네팔 라면이 있다는 베트남 식료품점을 방문했다. 해외 라면을 소개하는 방송을 촬영한다고 하자, 베트남에서 이민 온 주인아주머니는 우리를 엄청 반가워하며, 나와 PD님께 베트남 라면들을 소개해주었다. 아주머니께서 활발히 베트남 라면을 소개해주신 덕분에 즉석에서 베트남 라면을 소개하는 코너도 만들어져 방송에 나갔다. 주인아주머니는 베트남 라면들과 관련된 여러 이야기를 들려주었다. 베트남에서 가장 유명한 라면을 소개할 때는 옛날 가난한 베트남 사람들이 이 라면 한 개를 찌개처럼 만들어 네 명, 다섯 명의 가족이 끼니를 해결한 경우도 있었다는 이야기도 해주셨다. 베트남 라면은 물에 불리면 양이 엄청나지기 때문에 가능했다는 것이다. 그리고 고기를 먹지 못하는 베트남의 스님들을 위해 고기를 넣지 않고 만든 라면이 있다는 등 아주머니가 들려주는 베트남 라면에 대한 흥미로운 이야기 속으로 나는 빠져들었다.

이렇게 아주머니의 재밌는 베트남 라면 이야기를 듣고 난 후, 우리가 네팔 라면을 찾는다고 하자 아주머니는 가게에 네팔 라면도 있다고 말해주었다. 드디어 고대하던 네팔 라면을 만나게 된 것이다. 주인아주머니는 창고에 진열돼 있던 라면 박스를 뜯어 네팔 라면을 우리에게 보여주었다. 아주머니가 보여준 네팔 라면은 베트남 라면과 비슷하게 생겼는데, 아주머니는 네팔 라면을 먹을 때는 한국 라면과 달리 물에 끓여먹지 않고 그냥 과자처럼 스프를 섞어서 술안주처럼 먹는다고 말해주었다. 아주머니의 네팔 라면 소개가 끝나고, 구입해서 가져가려 했지만, 아주머니는 무료로 그냥 가져가라고 하셨다. 방송에서 베트남 사람들과 베트남의 라면을 잘 소개해주면 좋겠다고 말하며, 네팔 라면뿐 아니라 진열되어 있는 여러 베트남 라면들을 무료로 듬뿍 챙겨주셨다. 나는 촬영 중에, 인연이 얼마나 소중한지 다시 한 번 깨달았다. 말이 잘 통하지 않는 타지에서의 생활이 상당히 힘드실 텐데도 밝은 모습을 잃지 않고, 따뜻한 정을 베푸는 베트남 주인아주머니의 마음에 감동했다. 그렇게 베트남 식료품점에서 네팔 라면을 구입한 후, 우리는 청주의 네팔쉼터로 향했다.

나는 네팔쉼터가 어떤 곳인지 몰라 PD님께 여쭤보았다. PD님은 네팔쉼터를 설명하기 위해 수니따 부부의 이야기를 들려주셨다. 당시 청주에는 산업단지가 있어 공장들이 많이 입주해 있었고, 많은 외국인 노동자들이 청주의 공장에서 일하고 있었다. 그러나 가혹한 근로 환경을 이기지 못하고 극단적인 선택을 하는 외국인 노동자도 있었고, 사용자로부터 부당한 대우를 받아도 말 못해 혼자 힘들어하는 경우도 많았다고 한다. 그런 이주 노동자의 안타까운 모습을 보고, 네팔에서 온 수니따 부부는 청주 한복판에 네팔쉼터를 만들었다고 한다. 네팔쉼터는 충북 지역뿐 아니라, 힘든 환경에 처한 수많은 네팔 이주 노동자들이 전국에서 찾아와 도움을 받는 공간이었다. PD님은 수니따 부부의 사연을 담은 다큐멘터리를 찍으며 네팔쉼터를 알게 되었다고 한다. 그리고 나에 관한 다큐멘터리를 만들면서 네팔 라면과 관련한 방송을 찍어보면 좋겠다는 생각이 들어 수니따 부부에게 요청했더니 수니따 부부가 방송 촬영을 흔쾌히 허락해 주었다고 말했다.

PD님과 나는 네팔 라면을 가지고 네팔쉼터로 가는 중에 한국의 라면도 구입해서 방문하기로 했다. 네팔 사람들은 한국의 매운 라면을 먹어보고, 나는 네팔의 라면들을 서로 먹어보는 촬영을 해보자는 PD님의 제안에 따른 것이었다.

네팔쉼터를 방문해서 그곳에 있는 사람들과 인사를 나누었다. 네팔쉼터에 있는 사람들에게 한국의 라면을 먹어보았느냐고 물었고, 매운 한국의 라면을 먹어보는 것은 역시 어렵지 않겠느냐고 물었다. 네팔쉼터의 주인인 수니따 씨는 네팔의 고추는 한국의 고추보다 맵기 때문에 한국의 매운 라면을 잘 먹을 수 있다고 말했다. 그래서 PD님이 준비한 '불닭볶음면'을 보여주었는데, 수니따 씨가 괜찮다고 해 조리해서 네팔 사람들에게 나누어주었다. 처음에는 네팔 사람들이 불닭볶음면을 잘 먹는 모습을 보고 놀랐다. 그런데 라면을 먹던 사람들의 표정이 하나 둘 변하기 시작했다. 한 네팔인은 헥헥거리며 내게 한국인이 이런 매운 라면을 잘 먹느냐고 물었고, 나는 한국인도 이 라면은 매워서 잘 못 먹는다고 말해주었다. 매운 것을 유독 잘 먹는 한 명 빼고는 대부분 중간에 맵다며 먹기를 중단했고, 우유를 찾았다. 역시 우리나라 사람들에게 매운 라면은 네팔 사람들에게도 매웠다. 어찌 보면 당연한 것이다.

이제는 내가 네팔 라면을 맛볼 차례였다. 수니따 씨는 나를 위해 나와 PD님이 구입해 온 네팔 라면을 다시 소개해 주었다. 베트남 식료품점에서 아주머니가 이야기한 것처럼, 네팔 라면은 스프보다 면이 맛있어서 끓여 먹기보다 면을 그냥 부숴 먹는 게 낫다고 말해주셨다. 심지어 면이 맛있어 밥에 생라면을 섞어 먹기도 한다고 한다. 또한 수니따 씨는 우리가 구입해온 네팔 라면이 태국의 와이와이 회사와 합작해서 만든 제품이라는 사실을 알려주었다. PD님은 내가 라면을 먹을 때 항상 표준 조리법을 지켜 먹는다는 것을 수니따 씨에게 말해주었다. 그랬더니 수니따 씨는 나를 위해 특별히 네팔 라면을 표준 조리법에 따라 끓여주시겠다고 하셨다.

수니따 씨가 정성스럽게 끓여 그릇에 담아준 네팔 라면을 보니, 내가 예전에 먹어본 태국이나, 베트남의 라면과 비슷하다는 것을 알 수 있었다. 면이 얇고, 동남아시아 특유의 향신료 향이 약간 나는 네팔의 라면은 내 입맛에는 그리 잘 맞지 않았지만, 수니따 씨의 정성 때문인지, 즐거운 마음으로 먹을 수 있었다.

한국에 온 지 10년이 다 되어가는 수니따 씨에게는 딸인 수비와 아들인 샬베쓰가 있었다. 둘 다 한국 초등학교를 다니고 있었는데, 아들인 샬베쓰는 내 이야기를 흥미롭게 듣고는 내게 라면을 몇 개나 먹어보았는지와 어느 나라의 라면을 먹어보았는지 천진난만하게 물어보았다. 그리고 자신이 좋아하는 한국 라면을 말하며 나에게 맛이 어땠는지 평가해 달라고 했다. 나는 초등학생 제자를 대하듯 샬베쓰와 즐거운 대화를 나누었다. 샬베쓰와 대화를 마치고 방송 촬영을 끝낸 우리는 네팔쉼터에 계신 분들에게 인사를 하고 밖으로 나왔다.

촬영을 마치고 돌아왔지만, 네팔 라면을 처음 맛본 소중한 경험 외에도 한국에서 태어나 한국의 학교에 다니고 한국말을 하고 살아가는 샬베쓰와의 만남은 잊을 수 없는 소중한 추억이 되었다. 집으로 돌아가는 길에, 샬베쓰가 피부색이 다르다는 이유로 차별받지 않고 행복하게 살면 좋겠다는 생각을 했다. 그리고 나중에 시간이 지나 라면과 관련한 권위자가 되어 세계 각지의 라면들을 통해 나라가 다르더라도, 피부색이 다르더라도, 마음속에 있는 장벽을 허물고 하나 될 수 있는 좋은 영향을 주면 좋겠다는 생각이 들었다. 이번 휴먼 다큐멘터리 촬영은 어떤 촬영보다도 값진 경험이었고, 내게 잊을 수 없는 추억이 되었다.

# 〈PD수첩〉과 라면 그리고, GMO

GMO란 genetically modified organism의 약자로 유전자 변형 생물을 일컫는 말이다. 나는 대학 생활을 할 때 평소 사회적으로 찬반이 갈리는 민감한 이슈에 관해 고민하고 토론하는 것을 즐겨하는 편이었지만, GMO와 관련한 문제에 관해서는 평소 심각하게 고민할 기회가 없었다.

그러나 내게도 GMO에 대해 고민할 기회가 생겼다. 우리 사회의 대표적인 고발 프로그램으로 유명한 〈PD수첩〉에서 GMO와 관련한 방송을 제작하면서, 나에게 촬영을 요청했기 때문이다. 〈PD수첩〉은 'GMO 그리고 거짓말?'이라는 편으로 한국 사회의 GMO 식품 문제를 고발하면서 라면에 들어 있는 GMO를 집중적으로 다루고자 했다. 그래서 나에게 촬영을 요청한 것이다. 라면에 있는 GMO 문제를 고발하는 방송을 촬영하겠다고 하는 것이라서, PD수첩의 촬영 요청에 응해야 할지 망설여졌지만, 이번 기회에 GMO와 라면과의 관련성도 조사해보고 싶었고, 또한 소비자가 라면에 대해 가진 궁금증을 해결해줄 수 있는 프로그램에 힘을 실어주고 싶기도 하였다. 그래서 나는 〈PD수첩〉 촬영에 응했다.

PD님이 촬영을 위해 내가 살고 있는 청주로 직접 방문했다. 내가 가지고 있는 수백 개의 라면 봉지들을 보며, 이 중에서 GMO 의심 물질이 들어 있다는 표기가 되어 있는 것이 있는지 찾아보자고 했다. 나는 해외 라면에서는 유전자 조작 물질이 포함되어 있을 가능성이 있다는 표시를 보긴 했지만, 국내 라면 중에 유전자 조작 물질이 포함되어 있다는 표시를 본 적이 없다고 말해주었고, 실제로 수백 개의 봉지를 찾아보았는데, 국내 라면 중에는 유전자 조작 물질이 포함되어 있다는 표시가 없었다. 이 글을 쓰고 있는 2019년 지금까지도 아직 나는 라면 봉지에서 GMO 의심 물질이 포함돼 있을 수 있다는 표시를 본 적이 없다.

촬영을 마치고 며칠 후에 방송을 시청했다. 전반적으로 GMO 식품에 대한 문제점을 지적하는 방송이었지만, 〈PD수첩〉은 그중에서도 라면에 들어 있는 GMO에 집중해서 방송을 내보냈다. 먼저 우리나라의 라면이 터키로 수출되는 과정을 보여주었다. 터키 세관에서 우리나라 라면을 검역하던 중 라면에서 GMO가 검출돼 수출하지 못하고 라면 13톤이 폐기된 사례를 보여주며 방송이 시작되었다.

한국바이오안전성정보센터에 따르면 한국은 2016년 기준 식용 GMO 원료를 214만1000톤 수입한다. 세계에서 식용 GMO 원료를 가장 많이 수입하는 나라라고 한다. 우리나라로 수입되는 콩과 옥수수 중 상당량이 GMO라는 것이다. 방송에서는 우리나라에 시판되고 있는 콩과 옥수수가 들어간 식품에 GMO 의심물질이 들어 있다는 표시가 거의 없다는 점에 주목했고 수입되는 GMO 콩과 옥수수가 어디로 사라지는지를 밝히려 노력했다. 방송에서 GMO 원료를 수입하는 업체에 GMO 원료가 어디로 향하는지를 물었는데, '약 10퍼센트만이 식품가공용으로 사용되며, 18퍼센트는 대두유를 생산해 업소용과 가정용으로 판매되고, 더 자세한 내용은 공개하기 어렵다'는 답변을 내놓았다.

이런 상황에서 〈PD수첩〉 팀은 '라면'이라는 식품에 초점을 맞춰서 GMO가 검출되는지 실험했다. 라면에는 GMO 의심 물질이 들어 있다는 표시가 없는데, 원료 분석을 통해 실제로 GMO 의심 물질이 들어 있지 않은지 확인해보려 한 것이다. 〈PD수첩〉 팀은 2016년 10월 판매량 기준으로 10위권 안에 드는 라면들을 골라 검사를 해보았다. 그러자 10개 제품 중 3개 제품에서 유전자가 변형된 콩과 옥수수가 검출되었다. 그리고 〈PD수첩〉에서는 라면의 면에서도 GMO가 검출되었다는 사실을 밝혀냈다. 보통 면은 밀가루로 제조되므로 콩과 옥수수가 들어가지 않는데도 GMO가 검출되었다는 사실은 사람들에게 의문을 자아냈다.

〈PD수첩〉 팀은 GMO가 검출된 라면 제품을 생산한 회사에 GMO 원료를 사용하는지 물어보았다. 라면 회사들은 모두 GMO원료를 사용하지 않고 있으므로, 라면을 먹을 때 GMO 걱정은 하지 않아도 된다는 해명을 내놓았다. 그러나 〈PD수첩〉 팀이 라면에서 GMO가 검출되었다고 하자 회사의 반응이 달라졌다. 홈페이지의 GMO 관련 문구도 '저희 회사는 GMO원료를 사용하고 있지 않습니다'에서 '회사는 non-GMO 정책을 고수하고 있습니다'로 변경하는 등 석연찮은 모습을 보였다. 〈PD수첩〉 팀은 한국식품산업협회에 문의하였고, 한국식품산업협회는 라면 회사가 GMO 원료를 사용하지 않았고, 일부 제품에서 GMO가 검출된 것은 비의도적 혼입(일반 농산물 속에 의도하지 않게 GMO가 혼입되는 경우를 말함)이 일어난 결과일 것이라고 말했다. 한국의 GMO[9] 비의도적 혼입 허용치는 3퍼센트로 GMO 원료를 사용하지 않아도 GMO가 검출될 수 있다는 것이었다.

그리고 방송은 현행법상 GMO 원료로 생산한 기름이나 전분, 당류의 경우 가공과정에서 GMO 단백질이나 DNA가 파괴돼 최종적으로 검출되지 않는 식품은 GMO 표기 면제 대상임을 알려주었다. 그리고 그런 현행 GMO 표시제(GMO를 썼더라도 가공 후 GMO DNA나 단백질이 남아 있지 않으면 GMO 표시 면제)를 GMO 완전 표시제(GMO를 원재료로 쓴 모든 제품에 GMO 표시)로 바꾸어야 한다는 메시지를 전하며 방송은 끝났다. 후에 정

9 〈PD수첩〉에서 방송된 국가별 GMO 비의도적 혼입 허용치는 EU 0.9%, 중국 0.9%, 호주 1%, 뉴질랜드 1%로 대부분 국가가 우리나라(3%)보다 허용치가 낮았다. 우리나라보다 비의도적 혼입 허용치가 높은 나라는 일본으로 5%의 허용치를 적용하고 있었다.

권이 바뀌고 청와대 국민청원에 GMO 완전표시제를 해야 한다는 청원이 올라가서 사회적으로 이슈가 되기도 했지만, 내가 이 글을 쓰고 있는 2019년 현재도 국회 내에서 GMO 완전표시제에 관한 논의는 이루어지지 않고 있다.

GMO와 관련된 흥미로운 다큐를 보고난 후, 방송에 나온 라면 실험에 대해 다시 생각해보았다. 내가 생각하기에 〈PD수첩〉이 GMO 검사를 할 라면을 선별해내는 과정은 특정 회사의 입장에서 매우 불리할 수 있는 방법이라는 생각이 들었다. 이 방송이 나갈 당시, 10위권 안에 드는 인기 라면 제품 대부분은 라면 업계 1위 회사의 제품이었기 때문이었다. 그렇기 때문에 10위권 안에 드는 인기 라면 제품으로만 GMO 검출 검사를 한다는 것은 특정 회사에게는 꽤나 불쾌한 조사였다. 그럼에도 불구하고 그런 내용은 나 같이 평소에 라면에 대해 잘 아는 사람 외에는 알 수 없었고, 대부분의 사람들은 방송에 나온 실험 결과를 보며, GMO가 들어간 라면 제품이 무엇인지 궁금해했다. 그 때문에 PD수첩 방송이 나간 후, 내 블로그에는 방송에서 나온 라면이 무엇이냐는 네티즌들의 문의가 빗발쳤다. 나는 댓글에 답글을 하나하나 달아주었는데, 방송에 대한 해석을 정리해서 올려주면 좋겠다는 구독자들의 요청을 받고 방송에 나온 제품과 내용을 정리하여 블로그에 게시했다. 내 블로그 게시물은 많은 사람들에게 뜨거운 관심을 받았다.

그러나 이러한 자료 정리를 불쾌해하는 사람들도 있었다. 《라면 완전정복》을 집필할 때 도와주었던 한 라면회사 관계자 분께서 나에게 연락해 회사의 윗사람들이 내 게시물을 보고 상당히 기분 나빠했다는 말을 전해주었다. 그리고 법적으로 문제가 생길수도 있다고 말해주었다. 실제로 현재 라면 회사는 상당히 억울해하고 있는 중이며, 문제가 된 회사에서는 절대 GMO 원료를 사용하지 않는다고 나에게 말해주었다. 그리고 비의도적 혼입된 GMO의 경우에는 어떻게 할 수 있는 문제가 아니라고도 밝혔다. 나에게 이메일로 관련 자료를 보내주겠다며, 믿어주어야 한다고 말했다. 그리고 통화를 마치며 나에게 〈PD수첩〉 방송을 정리한 게시물을 내려주었으면 좋겠다는 메시지를 전달했다.

나는 GMO와 관련한 방송이 특정 회사 입장에서는 불쾌할 수 있겠지만, 소비자 입장에서는 또한 알 권리가 있기 때문에 내가 정리해준 것이라고 해명했다. 나는 내 행동이 큰 문제가 된다고 생각하지 않았다. 그러나 나의 게시물 때문에 책을 쓸 때 나를 전적으로 도와주셨던 라면 회사의 담당자분이 회사 안에서 입장이 매우 난처해지는 것 같아 고민했다. 결국 그 분의 입장을 고려해 〈PD수첩〉에 나온 내용을 분석한 게시물을 삭제했는데, 이런 일은 내 인생에서 처음이었다. 그리고 그렇게 내 게시물을 삭제한 날 기분은 꽤나 우울했다.

이 사건이 있은 후 GMO와 관련된 문제를 되돌아보니 이 사건은 한 라면 회사의 문제라기보다는 우리나라의 허술한 GMO 원료 관리 체계와 법 체계 때문에 발생한 일이라는 생각이 들었다. GMO 자체가 몸에 좋고 나쁨에 대한 논의를 떠나, GMO 원료에 대해 걱정하는 국민이 많다면 GMO 원료가 들어가 있는지 아닌지를 명확히 밝혀주는 제도를 만드는 것은 정치권이 해야 할 일이 아닐까? 나는 라면 속의 GMO에 대해 깊이 고민한 후, 이 문제는 혼자 해결할 수 없는 문제라고 생각했고, 이 문제를 해결하려면 제도를 바꿀 수 있도록 시민들이 목소리를 내야 한다는 결론에 도달했다. 앞으로 GMO 문제가 사회적으로 활발히 논의되어서 조만간 GMO 의심물질이 들어 있는지 아닌지에 대한 정보를 명확히 표기하는 것이 의무화되었으면 좋겠다. 물론 나는 GMO 원료 자체는 다른 사람만큼 크게 걱정하고 있지 않아서, GMO 원료로 라면을 만든다고 해도 먹을 것이다. 그러나 GMO의 유해성을 걱정하고 있는 소비자가 많기 때문에 법이 바뀌어 소비자들이 각종 식품과 라면 속에 GMO 의심물질이 들어가 있는지 정확히 알고 선택할 수 있는 날이 오기를 바란다.

## 백종원 씨와의 만남
## – 맛있는 라면에 대한 백종원 씨의 생각

《라면 완전정복》을 제작하면서, 농심, 오뚜기, 삼양, 팔도 같은 라면 회사에 요청해 책 제작에 필요한 라면 사진, 라면 개발 에피소드 등의 자료를 제공받았다. 그중에서도 업계 1위인 농심은 나에게 라면과 관련한 다양한 자료를 주었고, 농심 본사 및 농심 구미 라면 공장 등을 견학할 수 있도록 도와주었다.

2018년 초에 책 제작 과정에서 나를 적극적으로 도와준 농심 회사 홍보 담당자분한테서 연락이 왔다. 농심에서 블로거와 유튜버 대상으로 '건면 새우탕'이라는 신제품 라면 런칭 행사를 한다는 것이었는데, 나에게 행사에 참여해줄 수 있는지 물었다. 나는 평소 담당자님에게 감사하는 마음도 있었고, 다행히 행사에 참여할 수 있는 시간적 여유가 있어 참석하겠다고 약속했다. 건면 새우탕은 유명한 방송인이자 요식업 사업가인 백종원 씨를 광고 모델로 섭외했는데, 이 행사에 백종원 씨가 직접 참여해 진행해 주신다고 홍보했다.

당일, 다른 블로거, 유튜버와 함께 신제품 라면 런칭 행사에 참여했다. 행사 시작 시간이 되자 백종원 씨가 등장했고, 텔레비전에서만 보던 유명인을 가까이에서 보니 무척 신기했다. 백종원 씨는 그 자리에 모인 100명 가까운 사람들을 대상으로 라면 제품을 홍보했는데, 그 과정에서 재치 있는 입담으로 청중들을 제품에 집중시키고, 때로는 폭소하게 만들었다. 그렇게 청중들을 들었다 놨다 하는 그의 행사 진행 능력을 보며, 역시 유명인은 다르다는 생각이 들었다.

백종원 씨가 행사를 진행할 때, 옆에서 회사 직원이 건면 새우탕을 끓이고 있었는데, 백종원 씨는 라면을 끓이는 모습을 보다가 자신이 생각하는 맛있게 라면을 끓이는 방법을 말해주었다. 아주 단순했다. 라면을 맛있게 끓이려면 물을 조금만 넣어야 한다는 것이었다. 그리고 살짝 머쓱해하면서 짠 게 맛있는 것이라고 말했다.

나는 백종원 씨의 말을 듣고, 그 말이 일리가 있다고 생각했다. 나는 수천 번 라면을 끓여보면서, 라면을 가장 맛있게 끓이는 방법 중 하나는 권장 표준 조리법에 나온 물 양을 계량컵 등을 이용하여 정확히 맞추어 끓이는 것이라고 생각했지만, 만약 물 양을 정확히 계량할 수 없는 상황이라면 물을 많이 넣기보다 적게 넣어 끓이는 것이 더 좋은 선택일 듯했다.

백종원 씨는 짠 게 맛있는 것이라고 말한 후, 자신은 실제로 짜거나 단 걸 좋아하는 사람이 아니라고, 사람들이 오해해서 억울하다며 자신의 말을 주워 담았는데, 이러한 백종원 씨의 재치 있는 입담은 다시 한 번 청중들을 폭소하게 만들었다. 너무 짜거나, 너무 달면 맛이 없지만 백종원 씨의 말처럼 짭짤하고 달달하게 만들면 일반적으로 사람들은 맛있다고 느끼지 않을까? 나 또한 싱거운 라면보다 짭짤한 라면이 맛있다고 생각하고 있다. 물을 넘치게 넣어 싱겁게 하기보다 물을 부족하게 넣어 짭짤한 맛으로 먹기를 추천한다.

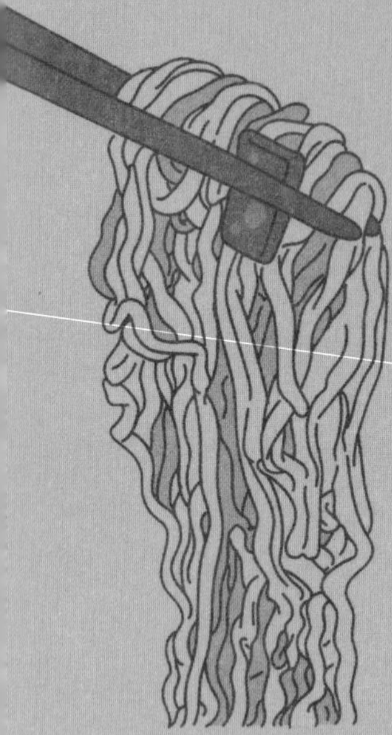

후루룹짭짭 후루룹짭짭
맛좋은 라면~

chapter 3

# 해외 라면을 만나다

# 인스턴트 라면의 천국
# 일본

나의 꿈은 세상의 모든 라면을 먹어보고 소개하는 것이다. 이 꿈을 가지게 된 후, 꾸준히 노력하고 있다. 해외에 나가 현지 라면을 먹어보고, 현지 라면을 캐리어에 한 가득 담아 한국으로 돌아오는 것은 이제 일상이 되었다. 이 글을 쓰고 있는 현재 일본, 대만, 태국, 영국 등의 나라를 방문해 현지 라면을 맛보았고, 현지에서 라면을 구입해온 후 한국에 와서 먹어보고 블로그에서 소개했다.

앞으로 셀 수 없을 정도로 많은 나라를 방문하여, 다

양한 해외 라면들을 먹어볼 예정이다. 그리고 그 경험을 책과 블로그 등을 통하여 국내 소비자에게 소개할 수 있도록 노력하겠다.

전 세계의 모든 라면을 먹어보겠다는 꿈을 품은 후, 나는 해외에 나갈 일이 있을 때마다 해외 라면을 조금씩 사오고 있었다. 다만 해외에 많이 나가지 못하다 보니, 해외 라면 리뷰는 조금씩밖에 할 수 없었다. 그러던 중 친구의 제의로 일본 도쿄에 가보기로 했다. 인스턴트 라면이 최초로 개발돼 출시된 나라인 일본은 나에게 흥미로운 대상이었다. 친구들과 함께 여행을 계획하고 도쿄에 가서 온천이나 일본의 다양한 볼거리도 즐겼지만, 나의 관심은 일본의 먹거리로 향해 있었다. 일본은 우리나라와 마찬가지로 면 요리가 발달했다. 우리에게 친숙한 음식인 야끼소바, 메밀소바, 라멘 등 다양한 면요리가 있었다. 특히 라멘은 매운맛을 기본으로 하는 우리나라와 달리 맵지 않으면서도, 일본의 간장(쇼유) 등을 이용하여 감칠맛을 잘 낸 라면들이 많아 좋았다. 그러나 나는 튀기지 않은 면을 사용한 라멘보다 튀긴 면을 사용한 인스턴트 라면에 관심이 갔다. 우리나라만큼이나 라면을 즐겨 먹는 나라인 일본에서는 큰 마트부터 작은 편의점까지 어디서든 인스턴트 라면을 찾을 수 있었다.

라면의 천국인 일본에 왔다는 사실이 즐거웠다.

나는 현지에서도 일본 라면을 먹고, 한국으로 입국할 때 캐리어에 한 가득 수십여 종의 봉지 라면과 용기면 제품을 담아 온 후 한국에서도 먹어보았다. 봉지 라면과 용기면 모두 한국 라면과 상당히 다른 느낌이었다. 일본의 봉지 라면은 한국 라면과 달리, 대부분 제품에 건더기 스프가 없다는 점이 인상적이었다. 건더기 스프가 필수로 들어 있는 한국 라면과 달라 일본 봉지 라면을 끓일 때 파나 다양한 채소를 고명으로 넣지 않으면 라면 그릇에 휑하니 면만 담겨 있어 허전한 느낌이 든다. 일본 봉지 라면을 끓일 때는 곁들일 채소 등을 준비하는 것이 필수라는 생각이 들었다. 그러나 용기면은 봉지 라면과 반대였다. 용기면은 채소 등을 넣지 않고도 먹을 수 있도록 건더기가 들어 있었는데, 양이 엄청났다. 이 때문에 한국 사람들은 일본 현지에서 푸짐한 건더기가 있는 용기면을 먹다가 한국의 컵라면 속에 들어 있는, 상대적으로 빈약한 건더기스프의 이미지를 떠올리게 된다. 두 나라의 라면이 비교되는 것이다.

일본의 라멘은 여러 종류가 있는데, 일본식 간장인 쇼유로 맛을 낸 쇼유라멘, 일본식 된장으로 맛을 낸 미소라멘, 소금으로 맛을 낸 시오라멘 등이 있다. 이 이외에 돈코츠라멘, 와카메라멘 등 특별한 종류의 라멘도 있다. 라멘은 생면으로 만들지만, 인스턴트 라면은 유탕면으로 제조되는데, 일본의 인스턴트 라면은 셀 수 없이 다양한 일본의 라멘을 유탕면으로 만들어 쉽게 보관하고, 언제든 먹을 수 있도록 만들어졌다. 일본은 라멘의 종류가 많다 보니, 당연히 인스턴트 라면의 종류도 많다. 라면을 좋아하는 사람이라면 일본 라면을 꼭 먹어보기를 추천한다.

# 면 요리를 좋아하는 똠얌꿍의 나라 태국

세계에는 우리나라만큼이나 라면을 좋아하는 나라들이 많다. 특히 동남아시아에 라면을 좋아하는 나라들이 많은데, 우리에게 관광지로 친숙한 나라인 태국에서도 라면의 인기가 상당하다. 나는 태국에 방문하기 전부터 태국 똠얌꿍 라면의 명성을 들어봤기 때문에 한국 라면과는 확연히 다른 라면을 만날 수 있을 것이라는 기대에 들떠 있었다.

태국에 도착한 날, 숙소에 짐을 풀고 근처 편의점으로 향했다. 편의점에는 다양한 종류의 라면이 있었다.

봉지 라면부터 컵라면까지 종류별로 진열돼 있는 모습은 한국과 일본의 편의점에 있는 라면 진열대의 모습을 연상시켰다. 우리나라와 비교해 아주 싼 물가 수준으로 유명한 태국답게 라면의 가격도 저렴했다. 한국 돈으로 200원가량 하는 라면들이 많았고, 비싼 라면도 약 1000원을 넘지 않았다. 저렴한 가격에, 다양한 종류의 태국 라면들을 보고 나는 기쁨을 감출 수 없었고, 라면을 한 가득 구입했다.

현지에서 먹어본 태국 라면의 맛은 이색적인 맛 그 자체였다. 태국 라면은 태국의 인기 음식인 '똠양꿍'의 맛을 구현한 제품들이 많았는데, 꼭 우리나라의 시큼한 김치찌개 라면 같은 느낌이었다. 물론 김치보다 더욱 센 동남아 특유의 향신료 향이 났는데 한국 사람이 쉽게 접할 수 없는 강한 향이었다. 새로운 맛과 향을 내는 음식도 잘 먹는 나와 달리, 같이 간 친구는 라면을 한 젓가락 먹고는 못 먹겠다며 버릴 정도였다. 나도 처음에는 태국 라면의 향이 어려웠지만, 현지 여행을 하며 태국 음식을 꾸준히 먹었고, 먹다 보니 태국 음식의 맛을 이해하기 시작했다. 그래서 한국으로 돌아올 때는 태국 현지 라면을 한 가득 구매해 캐리어를 꽉 채워 왔다. 한국에 와서도 태국에서 구입해 온 라면을 종종 먹었는데,

어느새 내가 똠양꿍의 맛에 중독되어 가고 있다는 사실을 깨달았다. 이렇듯 태국 라면은 알면 알수록 빠져드는 마성의 매력을 지니고 있다.

요즘은 한국에서도 대형마트나 편의점, 인터넷 등에서 태국, 베트남 등 동남아시아의 라면을 쉽게 구할 수 있다. 아직 동남아시아, 특히 태국의 라면을 먹어보지 못했다면, 주변 마트 등에서 구입하여 태국 라면 특유의 향을 경험해 보기를 권한다.

## 우육면(牛肉麵)의 고장 대만에서 만한대찬(滿漢大餐)을 만나다

대만은 한국 사람들이 많이 여행하는 나라 중 하나다. 대만을 여행할 때 꼭 먹어봐야 할 것이 있는데, 바로 대만의 대표 음식인 우육면(牛肉麵)이다. 우육면은 중국과 대만의 대표적인 면 요리로, 소고기와 사골, 각종 향신료를 넣고 오래 끓인 국물에 면을 넣어 먹는다. 그런데 대만 여행을 할 때 이렇게 유명한 우육면 외에도 꼭 먹어야 할 음식이 있다. 바로 대만 현지에서 구할 수 있는 '만한대찬(滿漢大餐)'이라는 라면이다.

한 예능 프로그램에서 만화가 기안84가 극찬한 것으

로 유명해진 만한대찬 라면은 젊은 사람들에게 대만 여행을 갈 때, 꼭 먹어야 하는 필수 코스 중 하나가 되었다. 라면에 관심이 많은 나 또한 만한대찬에 대한 소문을 듣고, 대만 여행을 가면 만한대찬을 포함한 다양한 대만 라면들을 꼭 먹어보겠노라고 결심했다. 대만에 도착해서 짐을 풀고 편의점에 가보니 우리나라의 왕뚜껑 컵라면보다도 더 큰 용기에 담겨 있는 만한대찬이 내 눈에 들어왔다. 대만 현지의 물가는 한국보다 조금 더 저렴했지만, 만한대찬만큼은 한국 라면보다 가격이 나갔다. 우리 돈으로 1개당 2000원 가까이 되는 가격이었는데 만한대찬 속의 소고기 건더기에 대한 명성을 들었기 때문에 기꺼이 돈을 지불하고 만한대찬을 종류별로 사서 숙소로 돌아왔다.

숙소에 와서 만한대찬을 열어보니, 국내의 팔도[10] 짜장면 등에 들어 있는 짜장 파우치 같이 생긴 소고기 파우치가 들어 있었다. 파우치 속의 소고기 덩어리의 크기는 정말 놀라웠다. 고기 덩어리가 큼직했고 양도 많

10 팔도 짜장면을 먹어보지 못한 사람들이라면, 오뚜기 3분카레나 3분짜장에 들어 있는 파우치 같은 것이라고 생각하면 된다. 다만 오뚜기 3분카레나 3분짜장에 들어 있는 파우치보다 작은 크기다.

았다. 한국에서 이 정도의 소고기가 들어간 라면 제품이 나온다면 권장 소비자가격이 4000원은 넘을 것 같다는 생각이 들었다. 만한대찬 속의 푸짐한 건더기는 아직 라면을 먹지도 않았는데도 나를 배부르게 만들었다.

만한대찬을 처음 먹으면 중국 향신료 향을 느낄 수 있다. 후에 대만 여행 중에 알게 되었지만, 대만의 우육면을 먹을 때 느껴지는 향과 비슷한 향이다. 만한대찬의 향만으로 판단한다면 한국 사람들에게 큰 인기는 없을 것 같았다. 그러나 큰 소고기 덩어리는 신선한 충격이었고, 고기 건더기의 맛도 좋았다. 또한 이렇게 고기 건더기가 큼직하고, 많은 라면을 2000원 정도의 가격에 먹을 수 있다는 것은 한국 사람들에게 행복한 경험일 것이다. 그래서 만한대찬이 한국 사람들에게 인기가 있나보다. 현지에서 팔고 있는 만한대찬 종류는 엄청 많았는데, 매운 우육면의 맛을 구현한 마라궈우육면(麻辣鍋牛肉麵), 살짝 매콤한 맛을 보여주는 총소우육면(蔥燒牛肉麵), 우육면의 기본 맛을 잘 살린 진미우육면(珍味牛肉麵), 돼지고기가 들어간 동파진육면(東坡珍肉麵) 등 다양한 제품이 팔리고 있었다. 나는 대만 여행을 마치고 이 제품들을 모두 구입해서 캐리어에 가득 담아 한국으로 돌아왔다.

한국에 와서 다양한 종류의 대만 라면을 먹어보고 사람들에게 소개하는 것은 정말 즐거운 일이었다. 만한대찬 외에도 우육면의 느낌을 잘 살린 제품들이 많았다. 이 글을 읽는 독자가 대만 여행을 간다면 꼭 대만의 대표 라면인 만한대찬과 함께 다양한 현지 라면을 먹어보기를 권한다.

# 영국과 미국에서 만난 라면

'영국남자'라는 유명 유튜버가 한국의 매운 라면인 '불닭볶음면'을 영국 현지 사람들과 함께 먹으며 매워서 눈물을 흘리고, 더 이상 못 먹겠다고 소리치는 영상을 보았는가? 이 영상뿐 아니라 나는 영국남자 유튜버가 제작한 라면과 관련한 재밌는 영상을 즐겨 보았다.

영국남자의 '한국의 컵라면을 처음 먹어본 영국인들의 반응'이라는 영상도 뜨거운 관심을 받았다. 그 영상에는 신라면, 나가사끼짬뽕, 스파게티라면, 짜파게티라면 등 다양한 컵라면을 영국 사람들이 먹어보고 재미있게 평가하는 모습이 나온다. 영상에서 내가 눈여겨본 것은 중년의 영국 남성이 짜파게티 라면을 먹어보고 말한 내용이었다. "아마 이게 영국의 팟누들 맛이랑 가까운 것 같아요"라는 말을 듣고, 나는 영국에도 라면이 있다는 것을 알게 되었다. 검색해보니 팟누들은 영국 사람의 라면이라고 인식될 정도로, 영국인에게 친숙한 식품이었다. 나는 팟누들의 맛이 어떤지, 그리고 팟누들 외에 영국에는 어떤 라면이 있는지 궁금했다.

취직을 하고 첫해를 맞아 나는 같이 취직한 친구와 함께 영국 여행을 하기로 결심했다. 팟누들을 즐겨 먹는 나라 영국에 대한 기대감이 있었다. 긴 시간 비행기를 타고 도착한 영국에서 짐을 풀자마자 다른 나라에서 그랬듯이 편의점으로 향했다. 처음 찾은 편의점은 예전에 가본 일본, 태국, 대만과 달리 라면을 진열한 매대가 크지 않아 어색했다. 하지만 잘 찾아보니 한 구석에 묘하게 생긴 컵라면이 조금 진열되어 있었는데 이름이 'Pot noodle(팟누들)'이었다. 라면이 흔하지 않아 그런 것인지, 내가 찾지 못한 것인지 편의점에 있는 라면은 팟누들뿐이었고, 대신 팟누들의 종류가 여러 가지였다. 오리지날 커리, 치킨&머쉬룸, 칠리&비프, 비프&토마토 맛 등의 제품이 있었고, 크기에 따라 작은 것은 50페니, 큰 것은 1파운드에 팔리고 있었다. 큰 마트에 가보니 아시아에서 수입해 온 외국 라면도 약간 팔고 있었으나 어디서든 팟누들 외에 특별해 보이는 라면은 없었다.

나는 팟누들을 사서 현지에서 바로 먹어보았다. 처음 먹어본 팟누들의 맛은 별로였다. 나는 다양한 나라의 라면을 먹어보았다고 자부하고 있었는데, 내가 지금껏 먹어본 인스턴트 라면 중 가장 맛이 별로였다. 느끼하고, 달고, 심지어 이상한 치즈 향까지 있어 말로 표현할 수 없을 정도였다. 여러 가지 팟누들을 먹어 보았으나 대부분 맛이 별로였다. 생긴 것은 꼭 일본의 대표 컵라면인 닛신의 '컵누들'을 닮았다. 컵누들은 맛있었는데 팟누들은 왜 이렇게 맛이 없는지. 개인적으로 우리나라 사람들이 강한 향 때문에 먹기 힘들어하는 동남아시아의 똠양꿍 라면이 내 입맛에는 팟누들보다 더 잘 맞는다는 생각이 들 정도였다.

그러나 팟누들의 특별한 장점이 있었다. 그것은 바로 EVU(European Vegetarian Union)에서 비건[11] 인증을 받은, 채식주의자들을 위한 제품이라는 것이다. 나는 영국 런던 여행을 하던 중 방문한 런던의 작은 식당에도 채식주

11 엄격한 채식주의자를 일컫는 말

의자들을 위한 메뉴가 있는 것을 보고 놀랐는데, 영국의 대표 라면에도 채식주의자들을 위한 배려가 있었다.

이렇게 영국 라면의 맛은 조금 아쉬웠지만, 라면 속에 들어 있는 소수자에 대한 배려를 읽을 수 있어 좋았다. 앞으로 한국에서도 영국처럼 채식주의자를 위해 비건 식품 인증을 받은 라면이 다양하게 출시되면 좋겠다는 생각을 했다. 이 글을 읽는 독자 중에 엄격한 비건이어서 아무 라면이나 먹지 못하시는 분이 계시다면 영국의 팟누들을 먹어보길 바란다. 다만 맛은 보장하지 못한다.

나는 평소 라면과 관련한 기사를 잘 챙겨보는데, 특히 나에게 감명을 준 '한스 리네쉬'가 살고 있는 미국 라면에 관심이 많았다. 한국 기업들이 미국에서 라면 시장을 선점하기 위해 부단히 노력하고 있다는 것을 알고 나서 미국의 라면 시장이 궁금했다. 그래서 언젠가 꼭 미국에 가서 시판되고 있는 라면을 살펴보고 직접 구입해보고 싶었다. 그러던 차에 회사에 다니는 친구와 함께 미국을 여행하기로 했다. 뉴욕과 워싱턴에서 11박을 하는 긴 여정이었는데, 이 여행에서 평소 미국 라면 시장에 가지고 있던 궁금증을 해결할 수 있었다. 뉴욕에 도착하자마자 나는 작은 마켓부터 시작해서 큰 마켓까지 하나하나 방문해 살펴보기 시작했다. 라면을 쉽게 구할 수 없을 것이라는 내 예상과 달리, 어느 정도 크기 이상의 마트나 편의점의 매대에는 항상 라면이 진열되어 있었다. 특히 한국 라면들이 많았다. 대부분 농심 제품이 진열돼 있었는데, 육개장 사발면 모양의 용기에 담긴 라면들이 많았다. 하지만 매운맛, 순한맛 등 무난한 맛 종류가 대부분이어서 조금 아쉬웠다. 한국 라면 옆에는 항상 일본 라면이 진열되어 있었는데, 일본 라면은 야끼소바, 시오(소금), 쇼유(간장) 등 다양한 맛의 제품들이어서 내심 부러웠다. 물론 미국에서 다양한 맛의 한국 라면을 구할 수 없었던 것은 아니다. 한인 마트를 가면, 포장지가 영어로 된 다양한 수출용 국내 라면을 구할 수 있다. 국내에 시판되는 라면 제품을 포장지만 바꾼 제품부터, 수출 전용으로 개발된 한국 라면까지 다양한 맛과 다양한 종류의 한국 라면이 있었다. 비록 가격이 비싸고 한인마트에서만 구할 수 있었지만, 미국 시장에서 판매되는 다양한 한국 라면 제품들을 보면서 한국 사람으로서 뿌듯했고, 기뻤다. 그리고 직접 구입하여 먹어본 한국 라면의 맛은 꿀맛이었다. 미국에 간다면 미국에만 출시되는 한국 라면들을 꼭 먹어보길 권한다.

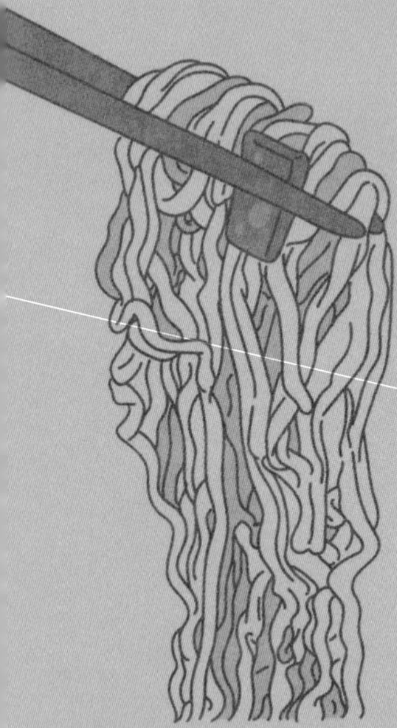

후루룹짭짭 후루룹짭짭
맛좋은 라면~

chapter 4

# 라면과 관련하여 알아두면 좋은 정보

# 최초의 인스턴트 라면은 어떻게 개발되었을까?

한국 사람들에게 라면은 정말 친숙한 대상이다. 나뿐 아니라 모든 사람이 라면과 관련한 좋은 추억을 가지고 있을 것이다. 우리가 언제든 쉽게 먹을 수 있는 인스턴트 라면은 어떻게 만들어졌을까? 국내 라면의 원조로 알려진 '삼양라면'부터, 세계 최초의 인스턴트 라면인 일본의 '치킨라멘'까지, 어떤 과정을 거쳐 개발되었는지 이야기해보려 한다.

일본의 무조건 항복으로 끝난 2차 세계대전 후 일본 사람들은 극심한 식량난에 시달렸다. 전후 일본 소시민들에게 식사 한 끼를 해결하는 것은 당면한 과제였다. 일본의 식품 기업 '닛신(Nissin)'의 창업자 '안도 모모후쿠(安藤百福)'는 당시 구호물자로 보급되던 밀가루를 이용해 일본 사람들의 식량 문제를 해결할 수 있는 가공 식품을 개발해야겠다는 생각을 하고 있었다. 그렇게 고민하던 중, 안도 모모후쿠는 오사카 역에서 라면 한 그릇을 사먹으려고 길게 줄지어 서 있는 일본 사람들을 발견한다. 그 순간 안도 모모후쿠는 구호물자로 보급되던 밀가루를 이용해 일본 사람들이 즐겨 먹는 라면을 가공 식품으로 만들어야겠다고 결심한다.

그는 라면을 가공 식품으로 만드는 과정에서 다섯 가지 목표를 정했다. 먼저 맛있어야 하고, 쉽게 요리할 수 있어야 하며, 오랫동안 저장할 수 있어야 했다. 또한 가격이 저렴해야 했고, 위생적이고 안전해야 했다. 이러한 다섯 가지 목표를 만족시키는 라면을 개발하는 일은 쉽지 않았다. 계속된 개발 실패 속에서 절망하던 그는 어느 날 우연히 아내가 튀김 요리를 하는 것을 보게 된다. 그 순간 그는 면을 기름에 튀겨 만들어보자는 생각을 한다. 바로 연구실로 돌아가 면을 튀겨서 라면을 만들었다. 그러자 면을 오랫동안 저장할 수 있었고, 쉽게 라면을 만들 수 있었다. 또한 튀긴 면을 이용하여 만든

라면은 가격도 저렴했고, 위생적이었다. 네 가지 목표는 이루었고, 그의 마지막 목표는 맛이었다. 고심하던 그는 모두에게 사랑받는 닭고기 맛으로 라면을 만들고자 했다. 스프에 닭고기 추출물을 넣어 닭고기 국물 맛을 구현했다. 그리고 그는 라면 이름을 기억하기 쉽고 간단하게 정해야겠다고 생각했고 고심 끝에 '치킨라멘(チキンラーメン)'이라고 이름을 지었다. 1958년 세계 최초의 인스턴트 라면으로 시판된 치킨라멘은 60년이 지난 지금도 닛신의 대표 라면으로 일본과 전 세계에서 인기리에 팔리고 있다.

그렇다면 한국에서 최초로 개발된 라면은 무엇일까? 아마 한국에서 최초로 개발된 라면이 어떤 제품인지는 다들 알 것이다. 모두 한 번쯤은 먹어봤을 만한 라면인 삼양라면이다.

삼양식품의 창업자인 전중윤 회장은 60년대 초 남대문 시장에서 '꿀꿀이 죽'을 사먹으려고 길게 줄을 서서 기다리는 노동자들을 발견한다. 먹을 것이 부족하여 미군이 버린 음식을 끓여 끼니를 해결하는 사람들의 비참한 모습을 보고, 어떻게 하면 이 식량 문제를 해결할 수 있을지 고민했다. 그 순간 그의 머릿속에 '라면'이 떠올랐다.

전중윤 회장은 50년대 말 보험 회사를 운영하며 일본에서 연수를 받은 적이 있었는데, 그때 라면을 맛볼 수 있었다. 당시 일본에서 먹은 인스턴트 라면을 떠올리며, 국내에서 일본에서와 마찬가지로 인스턴트 라면을 생산해 낸다면 식량 문제로 어려움을 겪는 많은 사람들을 도울 수 있을 것이라고 생각했다. 라면을 개발하기 위한 각고의 노력 끝에 일본 묘조(明星) 식품으로부터 기계와 기술을 도입하여 1963년 9월 15일 한국 최초의 라면인 삼양라면을 출시했다. 출시된 당시의 삼양라면은 지금과 같은 부대찌개 베이스를 바탕으로 한 라면이 아니었고, 일본의 치킨라멘처럼 닭고기 육수를 기반으로 하여 만들어진 제품이었다.

일본의 안도 모모후쿠, 그리고 한국의 전중윤 회장. 두 사람 모두 자국의 식량난을 해결하기 위해 라면을 개발하였고, 덕분에 두 나라의 국민에게 라면은 단순한 음식을 넘어 소중한 삶의 일부가 되었다.

# 라면 맛있게 끓여 먹는 팁

수천 가지 종류의 라면을 먹어보고 수백 가지 종류의 라면을 리뷰하면서 내가 알게 된 라면 맛있게 먹는 팁을 소개하고자 한다. 나는 라면 요리 전문가가 아니기 때문에 라면을 가장 맛있게 먹는 나의 팁은 생각 외로 간단하다. 그 방법은 바로 라면의 표준 권장 조리법을 지키는 것이다. 당연한 말 같지만, 생각보다 많은 사람들이 라면의 표준 권장 조리법을 지키지 않고 대충 끓여 먹는다, 혹시 독자 중에도 이런 분이 계시다면 라면 봉지에 안내되어 있는 표준 권장 조리법을 따라 그대로 끓여 보시길 권한다.

표준 권장 조리법대로 조리할 때 가장 중요한 것은 물 양을 맞추는 것이다. 용기면은 용기에 선이 그어져 있어 물 양을 맞추기 쉽지만, 봉지 라면은 눈대중으로 물 양을 대충 맞추고 끓이는 경우가 많다. 운 좋게 라면이 맛있게 끓여질 때도 있지만, 반대로 맛없게 끓여질 때도 있다. 이런 현상은 라면에 따라 권장 물 양이 다르기 때문에 발생한다. 국내 라면은 대부분 조리 시에 필요한 권장 물 양을 500~550밀리리터로 제시하고 있다. 그러나 일부 700밀리리터의 물 양을 권장하는 제품도 있다. 그런 특별한 경우를 제외하더라도, 500밀리리터와 550밀리리터의 차이인 50밀리리터의 물 양은 작지 않다. 500밀리리터의 물 양을 요구하는 라면에 550밀리리터의 물을 넣으면 원래 라면의 맛보다 싱거워지고, 550밀리리터의 물 양을 요구하는 라면에 500밀리리터를 넣으면 훨씬 짜진다. 이렇게 물 양을 지키지 않으면 라면 제품이 가지고 있는 본래의 맛을 느낄 수 없다.

문제는 많은 사람들이 물 양을 체크하는 데 어려움을 겪는다는 것이다. 물 양을 체크하는 가장 좋은 방법은 계량컵을 구입하는 것이다. 다이소 같은 생활용품을 파는 소매점에서 계량컵을 저렴한 가격에 구입할 수 있다. 혹시 계량컵을 구입하기 번거롭다면 집을 살펴보길 바란다. 아마 집에 500밀리리터 눈금이 그려져 있는 물병이 하나 정도는 있을 것이다. 이런 눈금이 있는 물병이나 컵을 활용해서라도 라면 봉지에 나와 있는 권장 물 양을 꼭 맞춰 라면을 조리하기를 권한다. 물 양을 잘 맞추는 것 하나만으로도 라면의 맛이 업그레이드 될 것이다.

다음으로 조리 순서도 중요하다. 제품에 따라 건더기스프를 넣는 순서, 유성 스프나 후레이크를 넣는 순서가 다르다. 예를 들면 물이 끓기 전에 건더기스프를 넣어야 하는 제품을 일반 라면처럼 물이 끓은 후 건더기스프를 넣으면 라면이 완성되었을 때, 건더기가 제대로 익지 않아 매우 뻑뻑해진다. 또한 유성스프 중 어떤 제품은 조리를 다 마친 후 넣도록 되어 있는데, 그걸 모르고 끓이는 중에 넣으면, 유성스프의 향이 공기 중으로 날아가 제대로 된 라면의 향과 맛을 느낄 수 없다. 그러므로 꼭 라면에 나와 있는 권장 조리 순서대로 스프를 넣어야 한다.

조리 시간은 너무 엄격하지 않아도 좋다. 화력(온도)에 따라 조리 시간은 조절할 수 있으며, 권장 조리 시간은 비슷하게만 맞추어도 된다. 화력에 따라 권장 조리 시간보다 30초 정도는 줄이거나 늘려도 맛있는 라면을 만드는 데 큰 영향을 미치지 않는다.

마지막으로 라면은 조리 온도에 따라 맛이 다르다. 강한 화력의 버너나 높은 출력의 인덕션 등을 이용하여 조리한 라면이 약한 화력으로 끓인 라면에 비해 맛이 좋다. 조리 기구에 문제가 있어 화력이 물이 끓지 않을 정도로 약한 경우가 아니라면 사실 큰 차이는 없어 조리 시간과 마찬가지로 크게 중요한 부분은 아니다.

내가 소개한 라면을 맛있게 끓여 먹는 팁을 고려한다면 각 라면 제품이 가지고 있는 본연의 맛을 가장 잘 느낄 수 있을 것이다. 그리고 본연의 맛을 느껴본 후에 자신이 원하는 다양한 토핑 등을 라면에 첨가해 자신만의 라면 요리를 만들어 보기를 권한다.

# 생라면
# 부숴 먹기 팁

우리는 라면을 단순히 끓여 먹기만 하지 않고, 간혹 생라면을 부숴 먹기도 한다. 주로 어린 아이가 주로 생라면을 부숴 먹지만, 어른도 종종 별미로 그렇게 먹는다. 그렇다면 어떤 라면을 부숴 먹으면 좋을까? 부숴 먹기에 가장 좋은 라면의 팁을 알려주려고 한다.

첫째, 역시 생으로 먹을 때 면이 맛있어야 한다. 제품에 따라 생면의 맛이 다른데 밀가루 맛이 많이 나는 면이 있고, 과자처럼 고소한 맛이 나는 면이 있다.

둘째로는 면이 얇아야 한다는 것이다. 제품마다 면

의 굵기 차이가 큰데, 생으로 라면을 부숴먹을 때는 역시 면이 얇은 라면이 편하다.

마지막으로 평소 가지고 있던 고정관념을 깨야 한다는 것이다. 보통 봉지 라면만 부숴 먹는데, 봉지 라면 말고 용기면 제품을 부숴 먹어도 맛있을 수 있다는 생각을 해보아야 한다. 또한 평소 잘 부숴 먹지 않는 짜장 라면이나, 비빔면, 볶음면 등 제품도 부숴 먹으면 은근 맛있기도 하다. 이런 제품을 부숴 먹어본다면 신세계를 경험할 수 있을 것이다.

개인적으로 생으로 부숴먹으면 괜찮은 제품으로 베스트셀러 용기면 제품인 농심 육개장 사발면을 추천한다. 용기면이지만, 면이 얇아 부수기 쉽고 먹기도 편하다. 면을 생으로 먹어도 맛이 고소해 꼭 과자 같다. 면에 스프를 섞어 먹어도 좋고, 스프에 면을 찍어 먹어도 좋으며, 스프 없이 면만 먹어도 좋다. 가격도 저렴해서 부숴 먹기에 제격이다. 다만 한 가지 조심해야 할 점이 있는데, 육개장 사발면 제품은 농심 외에도 다양한 회사에서 만든다는 것이다(초코파이처럼). 내 설명은 농심 제품에만 한정된다는 것을 말해주고 싶다, 개인적으로 다른 회사의 육개장 사발면 제품을 생으로 부숴 먹어 봤는데 맛이 별로였다.

이 글을 읽고 추억을 떠올리며 라면을 부숴 먹는 분들이 있을 것이다. 라면을 부숴 먹는 것은 끓여 먹는 것과 달리 먹다 보면 쉽게 질린다. 만약 부숴 먹는다면, 혼자서 먹기보다 여럿이 모여 조금씩 나누어 먹기를 권한다. 혹시 추억의 맛 이상의 맛을 기대하거나, 더욱 쉽게 먹을 수 있는 라면 스낵을 원한다면 요즘은 '뿌셔뿌셔'나 혹은 '뿌셔먹는 불닭'같은 다양한 대기업 라면 스낵을 마트에서 쉽게 구할 수 있으니, 먹어보기 바란다.

# 라면 섞어 먹기 팁 (하이브리드 라면)

사람들은 라면을 더욱 맛있게 먹기 위해 엄청난 창의력을 발휘하기도 한다. 모 예능 프로그램에서 유명해져서 국민 레시피로 알려진 짜파구리(짜파게티+너구리) 같은 하이브리드 라면은, 라면을 더 맛있게 먹고자 노력한 사람들의 고민의 산물이었다.

나는 다양한 라면을 섞어 먹어 보았는데, 비슷한 라면보다 확실히 다르다고 느껴지는 라면을 섞을 때, 맛있는 하이브리드 라면이 완성되는 경우가 많았다. 예를 들면, 매운 라면과 느끼한 라면을 섞어 먹는 조합이 가장 인기가 많았다. 짜파구리(짜파게티+너구리)부터 불닭게티(불닭볶음면+짜파게티), 치즈불닭볶이(치즈볶이+불닭볶음면) 등 완전히 다른 두 가지 맛의 조합은 사람들의 입맛을 사로잡았다.

한동안 하이브리드 라면이 큰 인기를 끌다 보니 요즘은 굳이 두 개의 라면을 섞지 않고도 맛볼 수 있도록 라면 회사에서 한 개의 단일 제품으로 개발한 제품도 많다. 언제 소비자의 외면을 받아 단종될지 모르지만, 이런 두 개의 맛을 섞은 컨셉의 라면 제품이 출시된다는 것은 소비자들에게 큰 축복이다.

세상에는 셀 수 없을 정도의 다양한 라면이 있고, 그 라면들을 섞어 먹는 경우의 수는 무한대다. 나는 아직 라면을 섞어 먹는 조합을 다양하게 시도하지 못했고, 이 분야에는 아직도 모르는 것이 많다. 하지만 이 글을 읽는 분들은 생각하기에 환상의 조합을 보일 것 같은 라면이 있다면 꼭 섞어서 먹어보고, 또 자신이 만든 조합이 맛있다면 다른 사람들에게 소개해주기를 권한다. 당신이 생각해낸 최고의 아이디어로 만들어진 하이브리드 라면이 언젠가 제품으로 출시돼 TV에서 CF가 방송될지도 모른다.

# 봉지 라면은 있는데 조리 기구가 없다면? – 뽀글이를 만들어보자

뽀글이라는 단어는 누군가에게는 생소한 단어이지만, 누군가에게는 매우 익숙한 단어이자, 추억을 불러일으키는 말이다. 나 또한 뽀글이라는 말을 입대한 후 처음 들었다. 봉지 라면의 봉지 윗부분을 잘 뜯어 정수기에서 뜨거운 물을 받은 후 살짝 벌린 나무젓가락을 이용하여 고정한 다음 면을 익혀 먹는 뽀글이는 사람들의 엄청난 창의력으로 만들어진 특별한 조리법이다.

나는 군 생활을 할 때 선임 덕분에 뽀글이를 알게 되었는데, 군대에서는 뽀글이를 여러 가지 방법으로 만들었다. 봉지 라면의 봉지를 용기 대신 이용하여 뽀글이를 만들 뿐 아니라, 작은 냄비에 봉지 라면을 넣고, 정수기의 뜨거운 물만 부어서 끓이지 않고 면을 익히는 방식으로 만들어 먹기도 하였다.

이렇게 만들어진 뽀글이 라면은 일반적으로 냄비에 끓여 먹는 라면과 느낌이 확 다르다. 뽀글이로 익힌 면은 냄비에 넣고 끓여서 익힌 면에 비해 훨씬 꼬들꼬들한 느낌이 나는데, 볶음 라면 등을 먹을 때 굉장히 어울린다. 국물 라면도 뽀글이로 만들어 먹으면 별미지만, '간짬뽕'이라는 라면 제품이나, 불닭볶음면, 짜파게티 등의 라면을 뽀글이로 먹는 것은 권장 조리법으로 먹는 것보다 더 맛있게 느껴질 정도로 매력적이다.

나는 라면 블로그를 운영하면서 다양한 라면을 뽀글이로 먹어보고 리뷰했는데, 뽀글이 라면에 대한 사람들의 관심은 엄청났다. 나처럼 군대에서 뽀글이를 처음 접한 사람들이 대부분이었지만, 군대를 다녀오지 않은 여성도 학교에서, 기숙사에서, 회사에서 뽀글이를 먹어보았다고 댓글을 통해 나에게 말해주셨다. 그리고 한 남성 네티즌은 블로그의 내 리뷰를 보고 전역 후 몇 년 만에 처음으로 뽀글이를 만들어 먹었는데, 군 생활을 할 때 먹은 것만큼 맛있지 않았다며, 눈 오는 날을 골라 자체 제설작업이라도 하고 난 후에 먹어야 그 당시에 먹던 맛을 되찾을 수 있을 것 같다고 농담을 던졌다. 그만큼 뽀글이는 특별한 상황이 만들어낸 특별한 조리법이라서 그런지 많은 사람들에게 추억의 맛으로 기억되고 있다.

다만 뽀글이로 라면을 제조할 때 많은 사람들이 걱정하는 것이 있다. 바로 봉지를 용기처럼 이용해 면을 익히는데 그 과정에서 뜨거운 물과 맞닿는 봉지에서 유해 물질이 나오는지나 않을까 하는 걱정이었다. 어떤 사람들은 봉지에서 환경호르몬이 많이 나올 수 있으니 뽀글이 조리법을 이용하여 라면을 먹으면 안 된다며 강한 거부감을 나타낸다. 그래서 나는 뽀글이와 관련한 우려를 불식시킬 수 있을지 조사해보았다. 조사하던 중 특이하게도 식약청에서 뽀글이와 관련한 보도자료를 낸 적이 있다는 사실을 발견했다. 2012년 5월 12일 식약청이 발표한 보도자료에 따르면 라면 봉지는 다층식품포장재로 만들었고, 접촉면에 사용되는 재질인 폴리에틸렌(PE)이나 폴리프로필렌(PP)에는 가소제 성분을 사용하지 않으므로 뽀글이를 만들어 먹어도 봉지에서 내분비장애물질(환경호르몬)이 나오지 않는다고 발표했다. 다만 보도자료에서는 라면 봉지를 용기처럼 사용하여 조리해 먹는 것은 원래 용도에 맞지 않는 방법이므로 권장하지는 않는다고 밝혔다.

이러한 보도자료를 참고했을 때 조리기구가 없는 특별한 상황에서 뽀글이가 생각난다면 큰 걱정과 부담을 가지지 않고 한 번쯤 만들어서 먹어보는 것은 괜찮다고 생각한다. 아직 뽀글이로 라면을 만들어 먹어본 적이 없다면 앞의 설명대로 만들어보거나, 혹은 '라면 완전정복' 블로그의 사진과 설명을 참고하거나, 유튜브 등을 보며 뽀글이 만드는 법을 배워 한번 먹어 보기를 바란다. 뽀글이로 만든 라면에 대한 당신의 맛 평가가 궁금하다.

# 다양한 종류의 라면을 구입하여 먹기 위한 팁

내가 만난 대부분의 사람들이 평생 자신이 먹는 라면 2~3종 외에 세상에 셀 수 없이 많은 종류의 라면이 있는지 몰랐으며, 다양한 라면을 먹어보지 못한 경우가 많았다. 그 이유로는 맛을 모르는 새로운 라면을 먹어본다는 것에 대한 부담감이 있을 것이고, 또 하나는 먹어보고 싶은 궁금한 라면이 있더라도 주변에서 쉽게 구하지 못하기 때문일 것이다.

사람들은 대부분 봉지 라면을 마트에서 번들로 구매한다. 개개인의 기준에 따라 누군가에게는 저렴하겠지만, 4~5천 원에 이르는 번들라면의 가격은 선뜻 시도하기에 부담스러운 가격일 수도 있다. 그래서 먹어보지 못한 새로운 라면을 번들로 구입하는 행동에는 용기가 따른다. 나도 마찬가지다. 새로운 라면을 번들로 샀다가, 맛이 없어 한 개만 먹고 버린 기억도 있기 때문에, 먹어보지 않은 라면을 번들로 살 때는 고민이 된다. 그래서 나는 다양한 라면을 먹어보기 위해 라면을 구입하는 나만의 노하우를 찾아냈는데, 이 책을 통하여 공개하고자 한다.

우리가 아는 이마트나 홈플러스, 롯데마트 같은 프랜차이즈 대형 마트 외에도 주변을 돌아보면 각 지역마다 상설할인마트 혹은 큰 슈퍼마켓 등이 있다. 이런 마트나 슈퍼마켓에서는 라면을 번들로 팔지 않고 낱개로 파는 경우가 많은데, 제품에 따라 낱개 라면을 1000원 안팎의 가격으로 판매한다. 번들보다 개당 가격은 비싼 편이지만, 아직 먹어보지 못한 라면을 한 봉지만 먹어본다는 의미에서는 저렴하고 부담이 덜 가는 방법이다. 혹시 주변에 이런 상설할인마트나 슈퍼마켓이 없다면, CU, GS25, 세븐일레븐 등 프랜차이즈 편의점에서 쉽게 낱개 라면을 구할 수 있다. 물론 낱개 라면의 가격은 상설할인마트보다 더 비싸지만, 그럼에도 처음 먹어보는 라면을 번들로 구입하는 것보다는 부담감도 적고 저렴하다.

이렇게 편의점이나 작은 마트에서 낱개로 라면을 사서 먹어본 후, 자신의 입맛에 잘 맞으면 그때 대형 마트 등에서 개당 가격이 저렴한 번들 라면을 사도 좋을 것이다. 내가 소개해주는 노하우를 이용하여 다양한 라면을 큰 부담 없이 구입해 먹어보는 즐거움을 경험하기를 바란다.

# 라면정복자 피키가 가장 좋아하는 라면

세상의 모든 라면을 먹어보겠다는 꿈을 가지고 수많은 라면을 먹어보고 수많은 라면들을 사람들에게 소개했다. 많은 사람들이 나에게 가장 궁금해하는 것 중 하나가 지금까지 먹어본 라면 중 어떤 라면이 가장 맛있었느냐는 것이다. 이러한 질문에 대답하는 것은 정말 어렵지만, 대답해야 할 때가 있다.

내 대답은 배고플 때 먹는 라면이 가장 맛있다는 것이다. 아무리 평소에 맛있게 먹던 라면도 배가 부른 상태에서 먹을 때는 맛이 없었고, 평소에 맛이 별로였다고 생각하던 라면도 배가 고팠을 때 먹으면 세상에서 제일 맛있는 라면이 되었다. 40킬로미터 행군 중에 먹은 군납 육개장 사발면이 그랬고, 군 생활을 하며 불침번[12]을 서다 배고파서 몰래 먹은 뽀글이 라면이 그랬다. 가장 좋은 사람과 마시는 술이 가장 맛있는 술이라고 말하는 것처럼, 내 인생에서 가장 맛있는 라면은 배고플 때 먹은 라면이었다.

그러나 나의 이런 대답을 들은 사람들은 물러서지 않는다. 나에게 특정 제품을 꼽아달라고 말한다. 특별한 제품을 꼽는다는 건 정말 어려운 일이다. 그 이유는 세상에는 맛있는 라면이 정말 많기 때문이다. 그래서 나는 상대방의 입맛을 물어보고, 그 입맛에 맞는 최고의 라면을 추천해준다. 그렇지만 책을 읽는 독자에게 지금 당장 물어보고 대답해줄 수 없으니, 내 입맛을 기준으로 가장 맛있게 먹은 것을 말하고자 한다. 개인적으로 매콤하고 자극적인 라면을 좋아한다. 그래서 나는 불닭볶음면 라면 시리즈를 좋아한다. 그중에서도 오리지널 불닭볶음면, 까르보 불닭볶음면, 치즈 불닭볶음면 제품을 좋아한다.

12 불침번(不寢番)이란 군대에서 취침시간에 부대 내의 특이사항을 관리하기 위해 잠을 자지 않고 돌아가면서 서는 당번을 말한다.

이 말을 듣고 매운 음식을 못 먹는 사람이 불닭볶음면 시리즈를 사서 먹는다면, 엄청 고생할 것이다. 물론 여기에 다 적지는 못하지만, 불닭볶음면 시리즈 외에 맵지 않고, 자극적이지 않은 라면 중에도 맛있는 라면들이 셀 수 없이 많았다. 자신의 입맛에 맞는 제품을 찾고 싶다면, 라면 완전정복 블로그를 참고하거나, 《라면 완전정복》 책을 참고하면 좋겠다. 혹시 내가 먹어본 라면의 평점을 정리한 자료가 보고 싶다면 마지막에 있는 QR 코드를 통해 웹페이지를 방문하여 참고하길 바란다.

### 라면 정보를 얻을 수 있는 중요한 사이트들

세계 인스턴트 라면협회 https://www.instantnoodles.org

인스턴트 라면의 세계 총 수요와 연도별 라면 소비량 국가 순위, 연도별 1인당 라면 소비량 국가 순위 등을 보기 쉽게 안내하고 있는 사이트다. 이 사이트에 의하면 2018년 기준 한국은 1년에 1인당 74.6개의 라면을 소비하며 1인당 라면 소비량 세계 1위 국가다. 1인당 라면 소비 세계 2위는 베트남(53.9개), 3위는 네팔(53.0개)이다. 이 사이트는 일본어로 소개되어 있으므로, 일본어를 모르는 사람들은 구글 크롬 브라우저를 이용하여 한국어로 번역한 내용을 보면 된다.

농심 http://www.nongshim.com

농심의 공식 사이트. '라면백과' 코너 등이 따로 마련되어 있으며, '브랜드관' 페이지의 '면' 페이지를 가면 개별 라면에 대한 이야기나, 제품의 특징, 레시피 등이 잘 소개돼 있다. 국내 라면 회사 중에 라면에 대한 내용을 가장 깔끔하고 잘 정리해 소개하고 있다.

삼양 https://www.samyangfoods.com

삼양의 공식 사이트. 홈페이지의 '삼양 역사관' 등을 통해 라면의 역사를 알 수 있다. 농심 사이트만큼은 아니지만, 삼양라면, 불닭볶음면 등 삼양의 스테디셀러, 베스트셀러 라면들을 알차게 잘 소개하고 있다.

그 외 사이트는 아래와 같다. 아래 홈페이지에서는 각 회사의 라면 제품에 대한 기본 정보를 얻을 수 있다.

오뚜기 http://www.ottogi.co.kr

팔도 http://paldofood.co.kr

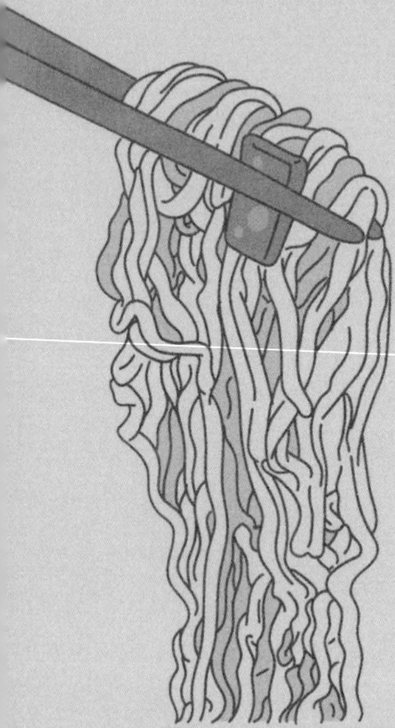

후루룹짭짭 후루룹짭짭
맛좋은 라면~

chapter 5

# 한국인의 소울 푸드, 라면

# 한국인에게 라면이란?

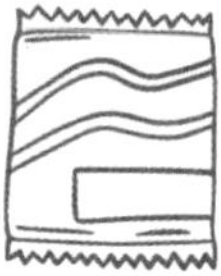

한국인에게 라면은 어떤 의미를 지닐까? 처음 라면이 등장했을 때부터 한국 사람들이 라면을 환영했던 것은 아니다. 한국 최초의 라면인 '삼양라면'이 처음 출시되었을 때 면 요리에 익숙하지 않은 한국 소비자들의 반응은 냉담했다. 라면의 면이 섬유를 뜻하는 면(綿)과 발음이 같아 섬유로 오해하는 사람들도 있었고, 당시 국민에게 생소했던 밀가루로 만든 음식이라는 점 때문에 소비자들에게 외면받기 십상이었다. 굶주림을 해결해 보겠다고 의기양양하게 라면 사업에 진출한 삼양이었지만 소비자들의 관심

부족으로 매출이 부진했고, 라면 사업을 지속할 수 있을지마저 불투명해진 상황이었다.

하지만 전중윤 회장과 삼양 임직원들은 포기하지 않았다. 삼양의 직원들은 길거리로 나가 라면 시식 행사와 판촉 행사를 진행했다. 소비자들은 행사를 통해 조금씩 라면의 매력을 알아가기 시작했다. 이렇게 라면이 알려지던 와중에 박정희 정부의 혼분식 장려 정책 도입으로 라면은 가장 큰 수혜를 입는다. 그 후 라면은 날개 돋친 듯 팔려나갔다. 저렴한 가격에 한 끼 식사를 해결할 수 있는 라면은 뜨끈한 국물을 좋아하는 한국 사람들의 입맛에도 잘 맞았고, 한국 사람들이 좋아하는 얼큰한 맛이 라면에 더해져 한국인의 대표 음식 중 하나가 되었다.

1963년 삼양라면을 시작으로 1984년 짜파게티, 1986년 신라면 등 한국인의 입맛을 사로잡은 베스트셀러 라면이 등장했다. 라면은 '한강의 기적'이라고 불리는 한국 경제의 압축 성장과 함께 성장해 온 것이다. 배고픔의 시대와 풍요의 시대를 모두 겪은 기성세대에게 라면은 저렴한 가격으로 배고픔을 해결해 준 고마운 음식이었고, 어려운 시절을 같이 이겨낸 고마운 동지였다. 작가들은 우리 경제와 사회의 발전에 큰 공을 세운 라면에 대한 고마운 마음을 다양한 문학적 표현으로 예찬했다.

김훈 작가는《라면을 끓이며》에서

“라면이 처음 나온 것은 1963년이었다. 쌀값이 얼마라는 기사는 일기예보나 증권시세처럼 연일 신문에 대서특필되었다. 춘궁기에는 2백만 명 이상이 굶주렸다. ‘기아 퇴치’ 또는 ‘절량 농가(양식이 떨어진 농가) 근절’이라는 국정지표를 써 붙인 현수막이 관공서 건물마다 걸려 있었다. 박정희 소장은 기자회견에서 “나는 국민을 굶기지는 않겠다”며 울먹였다. 이 배고픈 시절에 나타난 라면의 맛은 경이로운 행복감을 싼 맛으로 대량 공급했다. 그 맛의 놀라움은 장님이 눈뜸과도 같았고, ‘불의 발견’과 맞먹을 만했다.”라고 표현하였고,

이문열 작가는《변경》에서

“노랗고 자잘한 기름기로 덮인 국물에 곱슬곱슬한 면발이 담겨 있었는데, 그 가운데 깨어 넣은 생계란이 또 예사 아닌 영양과 품위를 보증하였다. 철은 갑작스레 살아나는 식욕으로 그러나 아주 공손하게 라면을 먹기 시작했다. 그때의 주관적인 느낌으로는 세상에서 가장 귀하고 맛난 음식을 먹고 있는 듯했다.”라고 표현하였다.

젊은 시절 가난으로 고통을 겪었던 작가 이외수는 트

위터에서

"누가 만들었을까, 라면. 내가 개고생하던 시절에 미리 만들어 주었으면 열흘씩 물배만 채우고 살지는 않았을 텐데. 제기랄. 지금은 몇 박스씩 쌓아두고 사는데도 죽이는 맛이네. 먹을 때마다 옛날이 생각나고 먹을 때마다 억울해지네요. 때로는 목이 메이네."라고 표현하기도 하였다.

한국 영화 속에서도 라면은 중요한 역할을 해왔다.

이영애, 유지태 주연의 영화 〈봄날은 간다〉에서 은수(이영애 분)가 상우(유지태 분)에게 마음을 표현할 때 "라면 먹을래요?"라는 대사가 등장했고, 이후 "라면 먹고 갈래?"라는 말은 영화를 보지 않은 세대에서까지도 연인 사이에 호감을 드러낼 때 사용하는 표현이 되었다.

영화 〈김씨 표류기〉에서는 라면 스프가 중요한 역할을 했다. 삶을 비관하고 투신하려다 무인도에 갇힌 주인공 김씨(정재영 분)가 무인도에서 살아남고자 하는 의지를 다지는데, 우연히 얻은 짜파게티 스프가 가장 큰 역할을 한다. 주인공은 짜장라면을 만들어 먹겠다는 일념으로 농작물을 길러 짜장라면을 만들어 먹었고, 주인공의 삶의 의지와 짜장면을 만들어 먹는 순간의 감동은 영화의 하이라이트가 되었다.

이뿐만이 아니다. 한국 사회의 부조리한 모습을 꼬집은 영화 〈내부자들〉에서는 주인공의 처지를 연출하는 중요한 소재가 된다. 범죄조직으로부터 한 손을 잃고 감시받으며 생활하는 조폭 안상구(이병헌 분)는 소주 안주로 라면을 끓여 먹는데, 한 손으로 라면을 면치기하며 맛깔나게 먹는 모습은 관객들의 침샘을 자극하였다.

아카데미 영화제에서 작품상을 수상한 영화 〈기생충〉에서는 짜파구리가 등장하는데 이는 주인이 집을 비운 사이 주인집을 무단으로 사용하고 있던 기택(송강호 분)의 가족이 집을 정리하고 사태를 정리하는 긴박한 시간을 표현하는 소재로 활용된다. 충숙(장혜진 분)이 한우 채끝살을 얹은 짜파구리를 만드는 동안 기택의 가족은 혼신을 다해 집을 정리하고 숨는데, 이 장면은 〈기생충〉에서 빼놓을 수 없는 명장면이 되었다.

드라마, 예능, 다큐 등 우리 사회의 모습을 보여주는 다양한 매체 속에서 라면은 늘 존재해 왔고 중요한 역할을 하고 있다. 이는 우리 삶 속에서 라면이 얼마나 중요한지를 증명한다.

한강의 기적으로 불리는 놀라운 한국 경제의 발전 속에서 라면의 위상은 변해 왔다. 라면이 처음 등장했던 당시와 달리, 한국 사람들은 식량 문제에서 벗어나 풍요 속에 살고 있다. 굶주림이 아니라 비만 등 성인병을 걱정해야 할 시대가 되었다. 맛있는 음식이 넘쳐나는 사회이지만, 한국 사람들의 라면에 대한 애정은 여전히 각별하다. 지금도 1인당 연간 70개 이상의 라면을 먹고 있으며, 남녀노소 할 것 없이 라면을 즐긴다. 물론 라면을 즐기는 방식은 세대에 따라 달라졌지만, 한국 사람들에게 여전히 라면은 특별하고 소중한 존재다.

# 세계로 뻗어 나가는 한국 라면

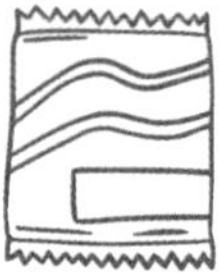

한국의 라면은 K-푸드의 선봉장 역할을 하며, 해외에서 엄청난 인기를 얻고 있다. 한국 라면 1위 기업 농심은 중국과 미국에 생산법인과 라면 제조공장을 운영하고 있다. 또한 베트남, 호주, 일본, 캐나다 등에 판매법인을 두고 신라면을 필두로 다양한 농심의 라면을 전 세계 소비자들에게 알리고 있다. 농심의 라면은 전 세계 방방곡곡에서 만날 수 있는데, 스위스 알프스 융프라우, 마테호른 전망대에서 신라면을 맛보는 것은 알프스를 찾는 사람들이 꼭 체험해야 하는 이벤트로 자리 잡았다. 또한 우리 민

족의 정기가 서려 있는 백두산 정상에서 신라면을 구입해 맛볼 수 있고, 네팔 히말라야 트레킹 코스, 지구 최남단 칠레 푼타 아레나스에서까지 신라면을 맛볼 수 있다는 사실은 한국인으로서 놀라우면서도 매우 자랑스럽다.

이뿐만이 아니다. 한국 최초의 라면을 만든 삼양식품에서도 한국 라면의 세계화를 위해 큰 역할을 하고 있다. 2010년 초까지 삼양식품은 내수 시장에서 농심과 오뚜기에 밀리고 있었고, 대표 라면 제품인 삼양라면의 부진으로 회사가 경영난을 겪었지만, 2012년 출시된 불닭볶음면이 회사의 운명을 바꿔놓았다. 불닭볶음면이 출시된 이후 매운 음식을 먹어 보고 열광하는 글로벌 소비자들에게 '맛있게 매운 볶음면'으로 소문이 났고, 매운 불닭볶음면에 도전해 보는 파이어 누들 챌린지가 전 세계 사람들에게 즐길 거리로 소문나면서 글로벌 인기를 얻게 된다. 삼양은 이러한 기회를 놓치지 않았고, 불닭볶음면 제품군을 대폭 늘렸다. 불닭볶음면 소스에 다양한 맛을 컬래버하여 만들어진 다양한 불닭볶음면 제품들은 매운맛을 좋아하는 사람들의 입맛을 사로잡았고 2019년부터 내수 판매보다 수출 판매가 더 많은 회사로 발돋움했다.

불닭볶음면의 인기가 하늘 높은 줄 모르고 오르자 전

세계 라면회사들은 불닭볶음면을 모방한 매운 볶음면 제품을 출시하였다. 불닭볶음면의 유사 제품들이 셀 수 없이 등장했는데, 디자인과 캐릭터가 너무나도 비슷해서 불닭볶음면을 잘 모르는 소비자들은 패키지만 봐서는 모조품 라면과 정품 불닭볶음면을 구분하기 쉽지 않을 정도였다. 필자도 2020년 초 중국에 방문했을 때 불닭볶음면과 너무 비슷한 '짝퉁' 라면이 팔리는 것을 보고 충격받았던 기억이 난다.

이러한 현상은 사그라지지 않았다. 1960년대 삼양식품에 라면 기술 전수를 거절했던 세계 최초의 라면 제조기업 닛신이 제품명에 한글로 '볶음면'이라고 쓰고 삼양까르보 불닭볶음면 제품의 색과 디자인을 비슷하게 모방한 듯 보이는 한국풍 뽀큔면(韓國風, ポックンミョン)을 출시한 사건이 정점을 찍었다. 2023년 출시된 닛신 뽀큔면 제품은 바로 표절 논란을 일으켰다. 삼양식품에서 법적 검토를 하였으나 제품 면이 달라 법적 대응이 어려웠다고 한다. 그러나 식품업계에서 주로 한국 식품회사들이 일본 식품회사의 주력 제품을 모방하여 출시했던 과거 사례와 빗대어 보았을 때, 한국 라면의 위상이 얼마나 달라졌고, 한국 사회의 문화적 힘이 얼마나 커졌는지 이 사건을 통해 실감할 수 있을 것이다.

삼양식품의 창업주 고(故) 전중윤 회장이 생전에 이러한 일을 경험했다면 어떤 생각이 들었을까? 닛신을 포함한 일본의 여러 라면 제조사에 기술 이전을 요청하고 셀 수 없이 거절당했지만 천신만고 끝에 라면을 제조하게 된 삼양식품. 이제는 일본의 회사가 삼양식품의 라면을 모방하는 날이 오다니 격세지감이 든다.

삼양식품에 라면 기술을 전수해 주었던 일본 묘조식품의 오쿠이 씨는 전중윤 회장에게 “한국의 라면은 일본과 달리 ‘라멘’이라는 모태가 되는 음식과 경쟁하지 않아도 되기에 과거에 얽매이지 않고 다양하게 발전해 나갈 수 있을 것이다.”라고 말했다고 전해진다.

신라면, 짜파구리, 불닭볶음면 등 한국 라면의 글로벌한 선전은 무에서 시작하여 수많은 도전을 이루어낸 한국 사회의 모습과 묘하게 닮아 있다. 일본과 달리 기존의 틀에 얽매이지 않고 다양한 모습으로 발전하여 전 세계 사람들의 맛을 사로잡았다. 세계 식품 산업의 중심에서 전 세계 사람들에게 사랑받는 한국 라면의 모습과 위상을 떠올리며 맛있는 한국 라면을 맛보는 것은 어떨까?

※ 한국에서 라면은 국내에서 비교적 저렴한 가격에 팔리고 있다. 최근에 라면 가격이 오르긴 했지만, 다른 식품들과 비교하면 여전히 저렴

하다. 그런데 해외에 팔리는 한국 라면의 가격은 한국에서 팔리는 것만큼 저렴하지 않다. 해외에서 경쟁 제품들보다 가격이 비싼 경우가 많으며, 한국에서 팔리고 있는 제품이 수출되는 경우 가격이 2배 이상 비싸지는 경우가 허다하다. 그런데도 해외 시장에서 한국 라면의 인기는 엄청나서, 라면을 좋아하는 소비자들은 한국 라면을 일부러 찾아 먹는다고 한다. 이런 사실을 알고 한국 라면을 맛본다면 한국 라면이 더욱 특별하게 여겨질 것이다.

부록 01

# 한국에 시판되고 있는 한국 라면의 종류는 얼마나 될까?

수많은 종류의 라면이 한국 시장에서 판매되고 있다. 과연 국내 시장에 출시되어 판매되고 있는 한국 라면의 종류는 몇 가지나 될까? 국내에는 다양한 라면 제조사가 있다. 소비자들이 잘 알고 있는 농심, 오뚜기, 삼양, 팔도부터 시작해서 풀무원, 하림 등의 기업들이 라면을 제조하고 있으며, 중소기업으로는 새롬식품, 미가원, 맥소반, 아이쿱, 두런 등 10곳이 넘는 회사에서 라면을 제조하고 있다.

라면을 판매하고 있는 브랜드로 눈을 돌리면 더

욱 많은 브랜드의 라면이 보인다. 각 유통 채널에서는 PB(Private Brand)상품으로 라면을 판매하고 있는데 이런 라면들은 유통사에서 라면 제조사에 OEM 라면 제조를 요청하여 만들어진다. PB 라면의 경우 팔도, 새롬식품 등에서 적극적으로 제조하였으나, 최근에는 오뚜기, 삼양, 풀무원, 하림 등의 업체도 PB 라면 제조 사업에 뛰어들었다.

PB 라면 제품을 판매하고 있는 유통사로는 편의점(CU, GS25, 세븐일레븐, 이마트24 등), 대형마트(이마트, 롯데마트, 홈플러스, 노브랜드 등), 친환경 매장(자연드림, 한살림, 초록마을 등), 인터넷 업체(암웨이, 애터미, 다노샵 등)에서 판매하고 있는데, 이 중에는 소비자들에게 인기가 좋아 10년 넘게 장수하고 있는 제품들도 어렵지 않게 찾아볼 수 있다.

이뿐만이 아니다. 지역 농산물을 활용하여 지역 경제 활성화를 위한 목적으로 만든 라면도 다양하게 존재한다. 제주도 특산 라면(돗멘, 음멘, 딱멘, 꼭멘, 딱새우 라면, 딱새우 마라면, 문딱라면 등)이 대표적이고, 전주 비빔면, 고창 바지락라면, 군산짬뽕라면, 해와인 합천 양파라면 등이 판매되고 있다.

그 외에 종교단체에서 만드는 라면(천주교 우리농 목이

라면), 종교인을 위한 라면(불교 맥소반 산사수라면), 특정 소비자들의 특정한 목적을 겨냥한 라면(통밀당 곤약라면, 콜라겐라면 등) 등 셀 수 없는 종류의 라면들이 이 순간에도 계속 출시되고 있고, 또 사라지고 있다.

대형마트나 편의점에 진열된 라면 외에도 다양한 종류의 라면이 소비자들이 알아주기를 기다리고 있다. 기존에 먹던 라면 외에 자신의 취향에 맞는 다양한 라면에 도전해 보는 것은 어떨까?

부록 02

# 라면정복자피키의 라면 추천

‘라면 완전정복’ 블로그를 오랫동안 운영하면서 셀 수 없이 다양한 라면을 먹어보고, 블로그를 통해 소개해 보았다. 라면을 좋아하는 소비자들에게 라면정복자피키가 먹어본 라면 중 가장 맛있었던 라면을 종류별로 골라 라면을 간단히 소개해 드리고자 한다. 자세한 리뷰를 보고 싶다면 네이버 ‘라면 완전정복’ 블로그(https://blog.naver.com/pikich89)를 참고해 주길 바란다.

## 라면 완전정복 라면 평점 기준표

★★★★★ 강추: 너무 맛있고, 자주 구입해 먹고 싶음

★★★★☆ 추천: 맛있고, 가끔 구입해 먹고 싶음

★★★☆☆ 무난함: 괜찮으나 선뜻 구입이 잘 안 됨

★★☆☆☆ 조금 아쉬움: 아쉽고, 구입이 망설여짐

★☆☆☆☆ 추천하지 않음: 누가 구입하면 말리고 싶음

※ 라면정복자피키의 주관적인 입맛이 반영된 평점

## 라면 완전정복 라면 매운맛 기준표

★★★★★ 최상: 위험함(염라대왕, 핵불닭볶음면 등)

★★★★★ 상: 무서움(불닭볶음면, 틈새라면 등)

—— 매운 거 못 드시는 분 한계선(매운맛 상~최상) ——

★★★★☆ 중상: 얼큰함(신라면, 진라면 매운맛 등)

★★★☆☆ 중: 보통 매콤(삼양라면, 참깨라면 등)

★★☆☆☆ 중하: 조금 매콤(스낵면, 진라면 순한맛 등)

★☆☆☆☆ 하: 안 매움, 순함(사리곰탕면, 짜파게티 등)

※ 라면정복자피키의 주관적인 입맛이 반영된 기준표

※ 라면정복자피키는 매운 걸 잘 먹고 좋아함

## 짜장면만큼이나 맛있는 '짜장라면'

● 농심 짜파게티(1984년 3월 출시)

말할 필요도 없는 명실상부한 짜장라면계의 베스트셀러. 짜장면이라기보다 짜파게티만이 가지고 있는 고소하고 달달한 짜장라면 맛이 일품이다. 쉽게 질리지 않는 맛을 보여주며, 김치, 깍두기 등과도 아주 잘 어울린다. 익숙한 맛이 가장 맛있다. 많은 사람이 즐겨 먹는 최고의 짜장라면으로 추천한다.

**평점 ★★★★★ 강력 추천(4.6), 매운맛 ★☆☆☆☆ 하**

● 풀무원 로스팅 짜장면 파기름(2021년 9월 출시)

기름에 튀기지 않은 건면으로 만든 짜장라면. 풀무원의 라면 제조 기술이 집약되어 있는데, 파기름의 고소한 향과 깔끔하고 부드러운 맛이 일품인 제품이다. 색다른 짜장라면을 맛보고 싶으신 분께 추천한다.

**평점 ★★★★★ 강력 추천(4.4), 매운맛 ★☆☆☆☆ 하**

● 삼양 쿠티크에센셜짜장(2023년 3월 출시)

부드러운 간짜장 풍미를 잘 구현한 짜장라면이다. 삼양에서 심혈을 기울여 만든 고급스러운 짜장라면인데, 가격은 다른 짜장라면들보다 비싼 편이지만, 부드러운 면발과 진한 간짜장 풍미가 좋은 제품이라 추천하고 싶다.

**평점 ★★★★★ 강력 추천(4.8), 매운맛 ★☆☆☆☆ 하**

● GS리테일 공화춘짜장(2006년 8월 출시)

팔도의 짜장라면 제조 기술이 집약된 짜장라면으로, 다른 라면들과 달리 레토르트 짜장스프가 들어있는 제품이다. 짜장라면이라기보다 짜장면 같은 느낌을 보여주려고 노력한 제품인데, 짜파게티와는 다른 짜장면스러운 맛이 좋다. 레토르트 짜장 맛을 좋아하는 사람이라면 꼭 먹어보기를 바란다.

**평점 ★★★★★ 강력 추천(4.8), 매운맛 ★☆☆☆☆ 하**

## 해물 풍미가 가득한 '짬뽕라면'

● 농심 오징어짬뽕(1992년 7월 출시)

짬뽕라면계의 스테디셀러 제품. 가장 기본을 잘 살린 짬뽕라면으로, 화려한 맛은 아니지만 짬뽕라면 맛의 기본을 잘 살린 맛있는 라면이다. 누구나 부담 없이 무난하게 먹을 수 있는 짬뽕라면을 고르고 싶다면 오징어짬뽕 제품을 고르길 바란다.

**평점 ★★★★★ 강력 추천(4.4), 매운맛 ★★★☆☆ 중**

● 오뚜기 진짬뽕(2015년 10월 출시)

프리미엄 짬뽕라면으로 많은 사람에게 꾸준한 사랑을 받은 제품이다. 향미유를 첨가해 진한 해물짬뽕의 느낌을 잘 살렸다. 진하고 고급스러운 짬뽕라면을 맛보고 싶다면 오뚜기 진짬뽕을 골라보는 것은 어떨까?

**평점 ★★★★★ 강력 추천(4.4), 매운맛 ★★★☆☆ 중**

## 스트레스를 확 날려주는 '매운 라면'

● 팔도 틈새라면 빨계떡(2009년 9월 출시, 스코빌지수 10,000)

매운 라면으로 유명한 명동 틈새라면의 '빨계떡'의 맛을 담은 라면으로 매운맛 마니아들이 좋아할 만한 맛있는 매운맛을 보여준다. 신라면이 별로 맵지 않다고 느껴지는 분들이 먹으면 좋은 제품인데, 강렬한 매운맛이 끌릴 때, 매운 라면을 먹고 싶다면 틈새라면 빨계떡 제품을 드셔보시길 바란다.

**평점 ★★★★★ 강력 추천(4.4), 매운맛 ★★★★★ 상**

● 삼양 불닭볶음면(2012년 4월 출시, 스코빌지수 4,404)

매운 볶음면계의 베스트셀러 제품으로, 부진에 빠져 있던 삼양식품을 내수기업에서 수출기업으로 만든 주인공이다. 필자는 불닭볶음면을 처음 먹어보았을 당시의 충격을 아직도 잊을 수 없다. 매운맛 마니아들에게 꾸준한 사랑을 받는 최고의 라면이다. 불닭 특유의 맛있게 매운 맛이 일품인데 매운 걸 잘 먹고 매운 음식을 좋아한다면 반드시 먹어보아야 할 제품으로 추천한다.

**평점 ★★★★★ 강력 추천(4.6), 매운맛 ★★★★★ 상**

● 삼양 까르보 불닭볶음면(2017년 12월 출시, 스코빌지수 2,323)

불닭볶음면 제품의 후속작으로 불닭볶음면의 매운 소스에 고소한 치즈 맛, 꾸덕꾸덕한 크림 맛을 더해 매운맛을 줄이고 부드러움을 더한 볶음면이다. 덕분에 매운 걸 잘 못 먹는 사람들도 도전할 수 있었고, 오리지널 불닭볶음면 제품만큼이나 소비자들에게 사랑받았다. 세계 최초로 라면을 만든 일본 기업 '닛신'에서 까르보 불닭볶음면을 모방한 유사 제품을 출시하여 화제가 되기도 하였다. 불닭볶음면이 매워서 도전해 보기 어려우셨던 분, 매운맛과 고소한 맛이 잘 조화된 볶음면을 찾으시는 분께 추천한다.

평점 ★★★★★ 강력 추천(5), 매운맛 ★★★★☆ 중상

※ 스코빌지수(SHU)란 Scoville Heat Unit의 약자로 매운맛의 정도를 수치화하여 나타낼 때 사용되는 지수이다. 신라면의 스코빌지수는 2,700이며, 청양고추의 경우 스코빌지수가 4,000~10,000에 이른다고 알려져 있다.

## 더운 여름날 시원하게 먹으면 별미인 '비빔면'

● 팔도 비빔면(1984년 6월 출시)

비빔면이라는 장르를 만든 비빔면계의 베스트셀러 제품이다. 여러 회사가 팔도 비빔면을 넘어서기 위해 분투하지만, 비빔면 시장에서 팔도 비빔면의 입지는 확고하다. 사과 농축과즙이 들어가 매콤 새콤달콤한 소스 맛이 시원하게 비빔면으로 먹을 때 빛을 발한다. 또한 고기, 만두 등 다양한 부재료와 먹어도 맛있는데, 여름에 먹으면 맛있고, 겨울에 먹으면 별미인 비빔면으로 추천한다.

평점 ★★★★★ 강력 추천(4.4), 매운맛 ★★★☆☆ 중

● 농심 배홍동비빔면(2021년 2월 출시)

농심에서 팔도 비빔면이 장악한 비빔면 시장을 탈환하기 위해 출시한 비빔면으로, 배와 홍고추, 동치미를 갈아 숙성시켜 만든 특제 비빔장으로 고소하면서도 매콤 새콤달콤한 맛을 낸 비빔면이다. 고소함과 매콤함이 절묘하게 조화되어 팔도 비빔면의 강력한 라이벌로 자리 잡았다. 비빔면을 좋아하는데, 팔도 비빔면만 먹어보았다면 농심 배홍동비빔면도 먹어보기를 바란다.

**평점 ★★★★★ 강력 추천(4.6), 매운맛 ★★★☆☆ 중**

## 한국인의 맛! 김치 맛을 담은 '김치라면'

● GS리테일 오모리 김치찌개라면(2014년 12월 출시)

김치 맛 라면이 아닌, 김치찌개 풍미를 구현한 라면이다. 이 제품이 출시되자마자 진하고 자극적인 김치찌개 맛으로 엄청난 화제가 되었고, 현재까지 꾸준히 사랑받고 있다. 오모리 묵은지의 맛을 레토르트 공법을 이용하여 잘 구현했는데, 김치찌개를 좋아하는 사람이라면 꼭 먹어보아야 할 라면으로 추천한다.

**평점 ★★★★★ 강력 추천(4.4), 매운맛 ★★★☆☆ 중**

● GS리테일 틈새 오모리 김치찌개라면(2021년 10월 출시)

GS리테일에서 개발하여 대박 난 오모리 김치찌개라면의 후속 버전이다. 명동의 매운 라면 맛집 틈새라면의 매운맛과 오모리 김치 맛의 컬래버로 만든 매운 김치찌개라면인데, 매운 걸 좋아하고 김치찌개도 좋아하는 사람이라면 꼭 한번 먹어보아야 할 제품으로 추천한다.

**평점 ★★★★★ 강력 추천(5), 매운맛 ★★★★★ 상**

● 팔도 틈새라면 매운김치(2021년 2월 출시)

팔도의 김치라면 제조 기술과 매운 라면 제조 기술의 컬래버로 만든 라면이다. 레토르트 김치 스프가 들어간 오모리 김치찌개라면과 달리 동결건조 김치를 활용하여 얼큰한 김치라면을 만들어냈다. 김치라면과 틈새라면의 매운맛을 좋아하는 모두에게 추천하고 싶은 제품이다.

**평점 ★★★★★ 강력 추천(5), 매운맛 ★★★★★ 상**

## 채식주의자가 마음 편히 먹을 수 있는 '비건 인증 라면'

● 농심 야채라면(2013년 5월 출시)

농심의 대표 비건 라면이다. 7가지 야채로 맛을 냈으며, 기름에 튀기지 않은 건면을 사용해 깔끔한 것이 특징이다. 고기를 사용하지 않고 양파와 버섯을 이용해 감칠맛을 낸 제품이다. 영국에서 비건 인증을 받은 제품이며, '순라면'이라는 이름으로 해외에 수출되고 있는데, 해외에서도 인기가 많은 제품이다.

**평점 ★★★☆☆ 무난함(3.8), 매운맛 ★★☆☆☆ 중하**

● 오뚜기 채황(2019년 11월 출시)

100% 순 식물성 재료로 만든 라면. 깔끔하고 담백한 국물 맛에 칼칼한 맛을 더했다. 풍부한 채소 건더기도 장점인 제품인데, 영국 비건 소사이어티(The Vegan Society)로부터 비건 인증을 받아 채식하는 사람들이 마음 편히 먹기 좋은 라면이다.

**평점 ★★★☆☆ 무난함(3.8), 매운맛 ★★★☆☆ 중**

● 풀무원 로스팅 정면(2020년 8월 출시)

100% 식물성 원료로 만든 식물성 탕면 제품이다. 12

가지 채소를 로스팅해 채소의 감칠맛을 선명하고 또렷하게 살려냈다. 비건이 아닌 소비자들이 먹어도 이질감 없이 맛있게 먹을 수 있는 풍미를 보여준다. 로스팅 정면 제품 또한 한국비건인증원의 비건 식품 인증을 받아 채식주의자가 마음 편히 먹을 수 있는 라면으로 추천한다.

**평점 ★★★★★ 강력 추천(4.4), 매운맛 ★★★★☆ 중상**

## 쫄깃한 면발이 일품인 '감자라면'

● 농심 감자면(2003년 9월 출시)

감자 전분이 많이 들어간 쫄깃한 면발이 일품인 제품이다. 소고기 육수에 야채를 넣고 끓인 듯한 샤부샤부 풍미를 보여주는 라면인데, 순하면서도 구수한 감자면의 맛을 즐겨 먹는 마니아층이 탄탄한 라면이다. 순한 라면과 쫄깃한 면발을 즐긴다면 농심 감자면 제품을 추천한다.

**평점 ★★★★★ 강력 추천(4.6), 매운맛 ★★☆☆☆ 중하**

● 새롬식품 감자라면

농심 감자면과 마찬가지로 감자 전분으로 면을 만들어 쫄깃한 면발이 일품인 제품이다. 하지만 순한 농심 감자면과 달리 얼큰한 맛이 더해져 한국 기본 라면의 맛을 보여주며, 국산 감자를 이용하여 만든 라면이다. 얼큰한 맛을 보여주는 감자라면을 원한다면 새롬식품 감자라면을 추천한다.

**평점 ★★★★★ 강력 추천(4.4), 매운맛 ★★★☆☆ 중**

## 밀가루가 덜 먹고 싶을 때 우리 쌀로 만든 '쌀라면'

● 강화섬쌀로 만든 시골쌀라면

인천 로컬푸드 생산자 협동조합에서 만든 강화섬쌀로 만든 시골쌀라면은 면에 유기농 국산 쌀가루가 40.49% 들어가 있는 제품이다. 또한 동물성 재료를 일체 사용하지 않은 비건 채식라면이다. 깔끔하면서도 얼큰한 맛이 참 좋은 제품이다. 밀가루가 덜 들어간 쌀라면을 맛보고 싶다면 강화섬쌀로 만든 시골쌀라면도 좋은 선택이 될 것이다.

**평점 ★★★★☆ 추천(4.2), 매운맛 ★★★★☆ 중상**

● 새롬식품 쌀라면

국산 쌀가루와 국산 감자 전분으로 만든 담백한 면과

한우 사골로 맛을 낸 진한 국물에 각종 양념을 넣은 국물이 맛있는 제품이다. 유기농 식품매장에서 구할 수 있는 라면이며, 밀가루가 덜 들어간 라면을 선호하는 소비자들에게 추천한다.

**평점 ★★★★☆ 추천(4.2), 매운맛 ★★★★☆ 중상**

●새롬식품 우리쌀로 만든 채식 자장면

우리 쌀을 이용하여 만든 채식 짜장라면이다. 국산 쌀가루와 감자 전분으로 만든 면이 담백하고 쫄깃하며, 국산 재료로 만든 춘장을 사용하여 깔끔한 짜장 맛을 보여준다. 대기업에서 제조한 짜장라면의 맛보다는 덜하게 느껴지지만, 국산 쌀로 만든 짜장라면을 맛보고 싶다면 새롬식품 우리쌀로 만든 채식 자장면 제품도 괜찮다.

**평점 ★★★★☆ 추천(4.2), 매운맛 ★☆☆☆☆ 하**

부록 03

# 라면 컬래버의 세계는 어디까지일까?

식품업계에서는 펀슈머(funsumer)를 공략하기 위한 다양한 컬래버 상품을 선보이고 있다. 수많은 제품이 합쳐지고 변형되어 새로운 모습으로 소비자들에게 등장한다. 그중 라면은 다양한 제품들과 컬래버할 수 있는 대표적인 식품이다. 어떤 식품들이 라면과 컬래버하여 재미있게 만들어지고 사랑받는지 간단히 소개해 보겠다.

## 떡볶이 & 납작 당면

라면이 가진 매운맛과 컬래버하여 만들기 좋은 대표적인 식품이다. 삼양 불닭떡볶이, 오뚜기 열떡볶이, 팔도 틈새떡볶이, 비빔떡볶이 등 다양한 매운 떡볶이가 출시되어 있다. 또한 삼양에서는 납작 당면과 불닭 소스를 컬래버한 제품까지 출시하였는데, 필자는 삼양 로제불닭납작당면 제품을 맛있게 먹어보았다. 라면 컬래버 제품들을 좋아한다면 떡볶이와 납작 당면 제품들을 맛보기를 바란다.

## 치킨 & 맥주

라면회사와 치킨회사가 컬래버하여 다양한 치킨을 출시했다. 멕시카나 불닭치킨, 까르보불닭치킨(삼양 불닭볶음면), 바른치킨 닭치면(농심 배홍동비빔면), 네네치킨 찐비빔치킨(오뚜기 진비빔면) 등이 그 주인공이다. 이뿐만 아니라 치킨과 어울리는 맥주 또한 컬래버로 보여주었는데 더쎄를라잇브루잉 불닭망고에일(삼양 불닭볶음면), 어메이징브루잉컴퍼니 진라거(오뚜기 진라면), 허심청브로이 배홍동맥주(농심 배홍동비빔면)이 그 주인공이다. 라면과 치킨 맥주의 컬래버는 너무 이색적인 맛으로 소비자들에게 외면받아 일찍 단종되기도 하지만, 소비자들에게 쏠

쏠한 재미를 제공한다. 라면과 컬래버한 치킨에 라면과 컬래버한 맥주로 치맥을 한번 즐겨보는 것은 어떨까?

### 감자칩 & 스낵

라면회사에서는 감자칩과 스낵 등에 라면을 컬래버하여 제품을 판매하고 있다. 대표적인 제품으로 농심 포테토칩 육개장사발면맛, 김치사발면맛, 삼양 불닭으로 딱! 집게, 팔도비빔칩, 팔도 킹뚜껑맛 팝콘, 인도미 미고랭 감자칩 등이다. 맥주 안주로 혹은 주전부리로 좋은 라면 컬래버 스낵에 한번 도전해보는 것은 어떨까?

### 소스

라면회사에서는 소비자들이 특정 라면에 들어있는 소스만 따로 활용한다는 점을 포착하여 라면에 들어가는 소스 중 인기가 많은 제품을 상품화하여 따로 판매하고 있다. 대표적인 제품으로 삼양 불닭소스(오리지널, 핵불닭, 까르보, 불닭마요 등), 팔도비빔장(오리지널, 매운맛 등), 농심 배홍동 만능소스 등이 있다. 소비자들은 요리할 때 라면 소스를 사용하거나 치킨, 스낵 등 다른 음식을 먹을 때 찍어 먹는 소스 등으로 활용할 수 있다.

## 기타

그 외에도 다양한 라면 컬래버 식품들이 있다. 라면 소스를 활용한 덮밥, 주먹밥, 카레, 핫도그, 빵, 피자, 토스트, 김치 등 들으면 놀랄 만한 기발한 아이디어를 가진 라면 컬래버 식품들이 많이 있으니 다양한 맛을 재미있게 체험하고 싶은 소비자들은 라면 컬래버 제품에 관심을 가져보기를 바란다.

※ 애니메이션 컬래버 라면

포켓몬빵으로 대표되는 애니메이션과 식품의 컬래버는 라면 업계에서도 예외가 아니다. 다양한 애니메이션과 협업한 라면이 출시되었다. 팔도에서는 어린이들에게 뽀통령으로 불리는 뽀로로 캐릭터를 이용한 어린이용 컵라면 2종(뽀로로 짜장, 뽀로로 스파게티)을 출시하여 판매하였고, 편의점에서는 인기 일본 애니메이션 〈원피스〉, 〈드래곤볼〉, 〈짱구는 못말려〉 등과 컬래버한 라면을 팔기도 한다. 최근에는 애니메이션 컬래버 라면에 띠부띠부 씰 스티커를 넣어 애니메이션을 좋아하는 소비자들이 수집하는 재미도 즐길 수 있게 기획하고 있는데, 애니메이션과 라면을 둘 다 좋아한다면 애니메이션과 컬래버한 라면에 주목해 보기를 바란다.

※ 광고판 역할을 수행하는 라면

라면은 하나의 식품을 넘어서 특정 브랜드를 홍보하거나 어떠한 사실을 알리는 역할을 하기도 한다. 중소벤처기업부가 1인 자영업자 고용보험료 지원사업을 홍보하기 위해 CU 편의점에 출시한 '희망줄

라면', 페이북과 BC카드의 홍보 목적으로 출시된 '부자될라면', 삼성증권 네이버페이 투자 통장을 알리기 위해 출시한 '돈벌라면', 배달의 민족 플랫폼의 판촉을 위해 만든 '치킨이 타고 있어요' 등이 그 주인공이다.

소비자들은 편의점이나 마트에서 판매되고 있는 라면들을 보고 구입해 먹어보면서 라면을 통해 알리고자 하는 내용을 접하게 된다. 특정 브랜드에서 진행하는 이벤트에 참여하여 그 브랜드를 즐길 수도 있다. 맛있는 라면이 소비자들에게 특정 사실을 알려주거나, 브랜드를 광고하는 역할도 해낼 수 있다니 놀라울 따름이다.

부록 04

# 라면 공장 견학 안내

라면회사들은 소비자와 소통하고 자신들의 브랜드 제품을 알리기 위해 공장 견학 투어 프로그램을 운영하고 있다. 라면 공장 견학 신청은 각 회사의 홈페이지에서 신청이 가능한데 이곳을 통해 간단하게 소개한다.

## 농심 라면 공장 견학

농심은 라면 업계 1위답게, 공장 견학 프로그램을 적극적으로 운영하고 있다. 온라인으로 진행하는 공장 견학 프로그램은 물론, 안양공장, 안성공장, 구미공장, 부산공장 등에서 견학 프로그램을 진행하고 있다. 온라인 견학 프로그램은 선착순으로 진행되고, 오프라인 공장 견학 프로그램은 추첨을 통해 선발이 이루어진다. 오프라인 견학의 경우 근거리 지역에 단체 견학을 위한 버스도 제공되니, 라면 제조 공정에 관심 있는 소비자들이라면 단체로 견학을 신청해 보기를 바란다.

### 오뚜기 라면 공장 견학

오뚜기에서는 충북 음성에 소재한 대풍공장을 3~6월, 9~11월 주 2회(화, 목) 운영한다. 단체 견학을 우선으로 하는데, 농심에 비해 견학 프로그램 수가 적다 보니 오뚜기 공장 견학 프로그램의 경쟁률이 더욱 치열하다. 오뚜기를 좋아하는 소비자라면 함께 모여 견학을 신청해 보는 것은 어떨까?

### 하림 라면 공장 견학

종합식품기업으로 거듭나기 위해 라면 사업에 진출한 하림은 적극적으로 라면 공장 견학 프로그램을 운영하고 있다. 전라북도 익산시에 위치한 하림 함열공장에서 견학 프로그램을 진행하고 있는데, 하림 키친로드(HKR) 견학 프로그램에서는 비법 육수로 반죽한 면발이 익혀지는 과정을 소비자들이 직접 눈으로 확인할 수 있으며, 면을 건조시키는 시스템, 포장 과정까지 관람할 수 있다. 최신 설비로 만들어지는 최신 라면 공정을 눈으로 확인해 보고 싶다면 하림 라면 공장 견학 프로그램을 신청해 보는 것은 어떨까?

※ 삼양, 팔도, 풀무원, 새롬식품, 미가원, 맥소반 등 다양한 라면 제조사들이 있으나 현재 공장 견학 프로그램을 운영하고 있지는 않다. 앞으로 많은 라면 제조사가 라면 공장 견학 프로그램을 운영해 보기를 기대한다.

※ 견학 프로그램은 회사의 사정에 따라 확대되기도 하고, 축소되기도 한다. 자세한 내용은 각 회사 홈페이지를 방문하여 확인하고 신청해 보기를 권한다.

# 책을 마치며

북오션 출판사의 제안으로 《라면이라면》 책을 써볼 것을 제안받고, 제가 살아온 날들의 이야기를 정리하고, 글을 쓰는 과정은 제게 큰 행운이자, 말할 수 없는 행복이었습니다.

이 책을 쓰면서 기억하기 싫을 정도로 어렵고 힘들었던 저의 젊은 시절을 다시 되돌아볼 수 있었고, 그 어려웠던 순간을 지나, 작은 것에 고마워하고 행복해하던 제 모습을 기억해낼 수 있었습니다. 그리고 시간이 지나 직장인이 되어 살아가고 있는 제 자신을 되돌아보며 지금도 그 당시처럼 작은 것에 행복해하며 살아가고 있는지 자문하였습니다. 시간이 지날수록 그 당시의 순수했던 감정을 잃어버리고 되풀이되는 일상의 삶 속에 빠져 사는 것은 아닌지 생각해 보았습니다. 덕분에 《라면이라면》을 집필하는 동안, 제 마음속에 잠자고 있던 젊은 날의 열정과 에너지를 다시 깨울 수 있었습니다. 그리고 감사하게도 이번에 개정판 《오늘도 라면입니다》를 출간하게 되었습니다.

"세상의 모든 라면을 먹어보고, 사람들에게 소개해 보자"라는 꿈은 앞으로도 계속될 것이며, 앞으로 라면과 관련한 다양한 책을 집필하여 여러분에게 더욱 재밌는 이야기를 들려 드릴 수 있도록 노력하겠습니다.

별로 의미가 없다고 생각하는 순간에도 무언가 의미 있는 일을 하기 위해 노력하고, 남들이 중요하지 않다고 생각한 것을 이루기 위해 열정을 가지고 도전한 제 이야기를 들으며, 많은 분들이 일상의 작고 소중한 것들에 대해서 다시 생각해보고 자신의 마음속에 잠자고 있는 중요한 무엇인가를 깨우셨기를 바랍니다.

부족한 저의 이야기를 끝까지 읽어주셔서 감사합니다.

라면정복자피키 지영준 올림